打动孩子心灵的
中国经典

CROWN CLASSIC
引领儿童文学新主流阅读

中国古代寓言

ZHONG GUO GU DAI YU YAN

王德领◎编著
典婆婆◎绘

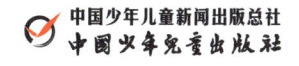

中国少年儿童新闻出版总社
中国少年儿童出版社
北　京

图书在版编目（CIP）数据

中国古代寓言 / 王德领编著；典婆婆绘 . -- 北京：中国少年儿童出版社，2024.6
（打动孩子心灵的中国经典）
ISBN 978-7-5148-8771-6

Ⅰ．①中… Ⅱ．①王…②典… Ⅲ．①寓言 – 作品集 – 中国 – 古代 Ⅳ．① I276.4

中国国家版本馆 CIP 数据核字（2024）第 083041 号

ZHONGGUO GUDAI YUYAN
（打动孩子心灵的中国经典）

出版发行：中国少年儿童新闻出版总社
　　　　　中国少年儿童出版社

执行出版人：马兴民

责任编辑：纪　旭	封面插图：典婆婆
美术编辑：徐经纬	责任校对：夏明媛
装帧设计：徐经纬	责任印务：厉　静

社　　址：北京市朝阳区建国门外大街丙 12 号	邮政编码：100022
编 辑 部：010-57526320	总 编 室：010-57526070
发 行 部：010-57526568	官方网址：www.ccppg.cn

印刷：北京瑞禾彩色印刷有限公司

开本：889mm×1194mm　1/16	印张：6.75
版次：2024 年 6 月第 1 版	印次：2024 年 6 月第 1 次印刷
字数：101 千字	印数：1—8000 册

ISBN 978-7-5148-8771-6　　　　　　　　　定价：34.80 元

图书出版质量投诉电话：010-57526069　电子邮箱：cbzlts@ccppg.com.cn

闪耀理性之光的文学高峰

——编著者序

寓言是最古老的文学样式之一，它的产生紧紧跟随原始神话、原始歌谣和史诗。现存最为著名的寓言是中国先秦寓言与公元前6世纪的伊索寓言，二者堪称世界寓言史上的双璧。后世的中西方寓言，基本上都是受到了这两大寓言传统的深刻影响。

一

"寓言"一词最早见于《庄子·寓言》："寓言十九，藉外论之。"春秋战国时期，诸子百家著书立说，游走于列国之间，为了向当政者形象生动地阐明自己的主张，使用了不少寓言来增强说服力。那时的寓言并没有获得独立的文体地位，而是附着在哲学、历史著作里，散见在《庄子》《列子》《韩非子》等典籍中。

先秦诸子寓言的风格具有较强的个性色彩。例如《庄子》里的寓言善于取材自然，象征意味浓，语言空灵，想象力丰富，具有超然物外的飘逸与洒脱；《韩非子》里的寓言则重功利与实用，语言朴素，侧重于实践经验。先秦寓言的丰富与斑斓，代表着中国寓言的最高成就，至今仍未被超越，因而在世界寓言史上占有极为重要的地位。

先秦之后，西汉的《淮南子》里有一些寓言作品，来自先秦时期的居多。刘向的《新序》《说苑》中的寓言，大都是先秦经传事史和流行于民间的传闻逸事整理加工而成的，内容也与先秦相关。晋人伪托的《列子》一书里的寓言，学者们一向认为是属于先秦的。从春秋战国至汉魏六朝，时间跨越一千多年，寓言还是没有摆脱先秦的影响，可见寓言在先秦时期的繁盛程度。因此可以推测，寓言曾经在先秦时期广为流行，成为日常生活的一部分。先秦诸子为了推行自己的学说而在自己的著作里征引的那些寓言，今天我们还可以见到，而大量的寓言则散失在历史的长河里了。唐代的柳宗元创造性地创作寓言故事，以讽喻现实，警醒世人，使得寓言在一定程度上取得了独立的文体地位。他的《黔之驴》《临江之麋》《乌贼求全》广为人知，成为中国古代作家罕见的创作寓言较多的一例。此后，寓言逐渐成为一种独立的文体。宋代苏轼承接柳宗元的余绪，有少量寓言问世。元明之际，宋濂、刘基创作了不少寓言，特别是刘基的《郁离子》，以动物寓言见长，但是与先秦寓言相比，艺术上还是逊色不少。明清五百余年，偶有寓言创作，总体上看是归于沉寂，并没有兴旺起来。简要梳理中国寓言史即可看出，中国寓言的辉煌年代是在春秋战国时期。

世界上堪与中国先秦寓言相媲美的是伊索寓言。伊索寓言被广泛认为是古代希腊寓言的总汇，常常成为古希腊寓言的代称。与先秦寓言依附于诸子文章不同，伊索寓言一开始就是一个个独立的小故事，文体是独立的。相传伊索生活在公元前6世纪，奴隶出身。因为聪明过人，伊索被主人释放，获得了自由身。伊索出身底层的经历，使得伊索寓言具有鲜明的民间色彩。伊索在世时是否有结集的《伊索寓言》，不得而知，但从伊索时代稍后的几位名人的记述来看，伊索寓言的流传度是极广的，例如柏拉图在《裴多篇》中有关于苏格拉底死时在狱中改写伊索寓言的记述，亚里士多德也曾在著作中多次提到伊索寓言。

到了公元前4世纪与公元前3世纪之交，一个叫墨特里俄斯的雅典学者搜集了近两百则寓言，辑为《伊索寓言故事集成》，这一本集成被认为是最接近伊索寓言原貌的作品，但遗憾的是没有流传下来。古罗马取代古希腊后，伊索寓言渐渐失传，伊索的名字也渐渐被人遗忘。直到14世纪，伊索寓言被人搜集、整理了一百五十则，重新引起了世人的推崇，对西方的寓言文学产生了巨大的影响。《伊索寓言》的艺术种子17世纪在法国萌发，出现了大寓言家拉·封丹；18世纪在德国萌发，出现了大寓言家莱辛；18与19世纪之交在俄国萌发，出现了大寓言家克雷洛夫，于是寓言文学在欧洲颇受人们的青睐。这些作家同伊索寓言的师承关系非常明显，连故事都有不少是直接移植过来的，如伊索的《狐狸与葡萄》，到拉·封丹有《葡萄太青》，到莱辛有《葡萄》；伊索的《狼和小羊》，到拉·封丹有《狼和小羊》，到克雷洛夫也有《狼和小羊》。这些寓言作家虽然在写作题材上师承伊索，但在叙述风格上还是有不少差异的，打上了作家展现自己艺术个性的鲜明烙印。

从以上关于中西方寓言史的简单勾勒可以看出，先秦寓言和伊索寓言依然是世界寓言的两座巍然屹立的高峰，至今仍未被超越。为什么随着社会文明程度的提高，寓言却没有像诗歌、小说那样繁盛起来？也许，寓言是人类孩童时代的产物，是继神话传说之后，人类开始尝试用形象思维去表达理性思考，于是大体在同一个时期，中西方的寓言出现了繁荣景象，这是头脑里开始有了理性之光闪耀的先民智慧的结晶。之后，随着人类理性的强大、思想的普及，寓言的光芒渐渐隐去，寓言的衰落就是难免的了。

二

寓言是人类从神话时代走向理性时代留下的烙印，它的基本情节模式是"故事+寓意"，即用形象生动的故事说明一个道理。西汉刘向在《别录》中说"作人姓名，使相与语，是寄辞于其人，故庄子有寓言篇"。司马迁在《史记》中说"庄周著书十余万言，大抵率寓言也"。清代郭庆藩在《庄子集释》中也说"寓，寄也。以人不信己，故托之他人，十言而九见信也"。可见，在中国古人眼中，寓言的本质主要在于"寄"和"信"。"寄"是寓言的手段、方法，"信"则是产生的效果、作用。为了使说教更能令人信服，使用寓言就成了先秦诸子采用的一种重要的言说方式。从这个意义上说，寓言本身从一开始就被赋予了浓厚的说教色彩。

虽然都是说教，就内容来看，中西寓言表现的侧重点是不一样的。伊索寓言大多数都是古代劳动人民生活经验与智慧的总结，是高度生活化的。例如《赫尔墨斯和雕像者》讽刺爱慕虚荣却被人轻视的人，《蚊子和狮子》表现"螳螂捕蝉、黄雀在后"的生活教训。中国古代寓言则多是政治寓言或哲学寓言，不是民间化、生活化的。《庄子》中的寓言物我一体，运思神妙，汪洋恣肆，譬如鲲化为鹏的壮阔，任公子垂钓的豪放，呈现了一幅幅超然于物外的阔大景象，将人引入形而上的哲思境地。《孟子》《韩非子》中的寓言，虽取材于生活，指向的却是政治理念或哲学思辨，而非生活的智慧，这使得先秦寓言具有鲜明的东方哲理的底蕴。

人、动物、神话人物是先秦寓言和伊索寓言都具有的三类角色形象。先秦寓言虽然也有《鹬蚌相争，渔翁得利》《狐假虎威》《涸辙之鲋》等动物寓言，但更多的是人物寓言，如《庖丁解牛》《鲁侯养鸟》《宣王好射》《自相矛盾》《臭味相投》等。伊索寓言则多选用动物作为故事形象，赋予动物以人性，而纯粹以人物为主的寓言则不多。许多动物形象，诸如狐狸、乌鸦、蛇、马、鸡、狼、青蛙、猴子、山羊、狮子、鹰等都是伊索寓言中经常出现的。选择动物作为寓言的角色，后来发展成为西方寓言文学的主要传统。

寓言在中西方长期被视为一种修辞方法，这与其具备比喻的修辞功能密切相关，这种修辞功能是通过拟人、夸张和对比等手法实现的。动物形象的寓言用的是拟人手法，伊索寓言几乎就是一部拟人故事大全，超过八成的故事均是动物之间、人与动物之间、神与动物之间的故事和对话，动物被赋予人的思想感情，从而使故事寓言化。先秦寓言也有动物的拟人，如《叶公好龙》等，但更多的则是人物故事。值得注意的是，先秦寓言和伊索寓言均在将动物拟人化的过程中，保留了动物本身的生物特性，如狐狸的奸诈，狮子、老虎的残暴等，并利用这些动物特性实现对人类性格中某些相似特性的影射，从而达到讽喻劝诫的效果。

别林斯基曾说："寓言是理性的诗歌。"就形象性、抒情性而言，寓言与诗歌有着本质的一致性。与其他文学体裁相比，寓言非常适合少年儿童阅读。正如一位论者所说："它比童话深刻，比小说单纯，比诗歌平易，比散文有趣，形象性和思辨性兼备，易于记诵，因此受到了各国母语教科书的青睐。"早在公元前5世纪，伊索的寓言就成了雅典学校低年级的启蒙教材和高年级的修辞教材。我国的小学语文教材里也收入了不少寓言，都是我们耳熟能详的经典寓言故事。这些寓言故事本身所具备的劝喻和训诫的功能，能带给学生以智慧的启迪，启发他们思考生活，勤勉向学，为未来的人生打好真善美的底色。

目 录

水土不同　《晏子春秋》/ 1
大鹏与焦冥　《晏子春秋》/ 2
同舟共济　《孙子》/ 3
蛙蝇与晨鸡　《墨子》/ 4
纪昌学射　《列子》/ 5
薛谭学唱歌　《列子》/ 6
不食盗食　《列子》/ 7
齐人攫金　《列子》/ 8
杨布打狗　《列子》/ 9
嗟来之食　《礼记》/ 10
偷鸡者　《孟子》/ 11
小吏烹鱼　《孟子》/ 12
以邻为壑　《孟子》/ 13
缘木求鱼　《孟子》/ 14
冯妇搏虎　《孟子》/ 15
畏影恶迹　《庄子》/ 16
庖丁解牛　《庄子》/ 17
鹓鶵相非　《庄子》/ 18
匠石运斤　《庄子》/ 19
涸辙之鲋　《庄子》/ 20

鲁侯养鸟　《庄子》/ 21
屠龙术　《庄子》/ 22
宣王好射　《尹文子》/ 23
黄公好谦卑　《尹文子》/ 24
山鸡与凤凰　《尹文子》/ 25
和氏之璧　《韩非子》/ 26
目不见睫　《韩非子》/ 27
纣为象箸　《韩非子》/ 28
远水不救近火　《韩非子》/ 29
三人言虎　《韩非子》/ 30
曾子杀猪　《韩非子》/ 31
棘刺刻猴　《韩非子》/ 32
自相矛盾　《韩非子》/ 33
画鬼最易　《韩非子》/ 34
中州之蜗　《於陵子》/ 35
循表涉澭　《吕氏春秋》/ 36
臭味相投　《吕氏春秋》/ 37
投婴于江　《吕氏春秋》/ 38
窥井自照　《吕氏春秋》/ 39
次非刺蛟　《吕氏春秋》/ 40

两虎相斗	《战国策》/41	东海王鲔	宋濂《燕书》/68
惊弓之鸟	《战国策》/42	雁　奴	宋濂《燕书》/69
千金买马首	《战国策》/43	束氏爱猫	宋濂《龙门子凝道记》/70
鹬蚌相争，渔翁得利	《战国策》/44	剜股藏珠	宋濂《龙门子凝道记》/71
螳臂当车	刘安《淮南子》/45	晋人好利	宋濂《龙门子凝道记》/72
曲突徙薪	刘向《说苑》/46	鹳鸟迁巢	刘基《郁离子》/73
猫头鹰搬家	刘向《说苑》/47	楚人养狙	刘基《郁离子》/74
叶公好龙	刘向《新序》/48	常羊学射	刘基《郁离子》/75
鸡犬升天	王充《论衡》/49	稀世之珍	刘基《郁离子》/76
一叶障目	邯郸淳《笑林》/50	灵丘丈人	刘基《郁离子》/77
后羿射箭	苻朗《苻子》/52	东郭先生	马中锡《东田集》/79
与狐谋皮	苻朗《苻子》/53	真真假假	耿定向《权子》/83
黑豆与蝌蚪	《启颜录》/54	兄弟争雁	刘元卿《贤弈编》/84
乌贼求全	柳宗元《柳河东集》/55	喜欢奉承	刘元卿《贤弈编》/85
临江之麋	柳宗元《柳河东集》/56	万　字	刘元卿《贤弈编》/86
做贼心虚	沈括《梦溪笔谈》/57	八哥学舌	庄元臣《叔苴子》/87
威无所施	苏轼《苏东坡集》/58	酷信风水	浮白斋主人《笑林》/88
日　喻	苏轼《苏东坡集》/59	猫祝鼠寿	浮白斋主人《雅谑》/89
鬼怕恶人	《艾子杂说》/60	外科医生	江盈科《雪涛小说》/90
买凫猎兔	《艾子杂说》/61	一只鸡蛋	江盈科《雪涛小说》/91
州官放火	陆游《老学庵笔记》/62	王婆酿酒	江盈科《雪涛小说》/92
更渡一遭	岳珂《桯史》/63	不禽不兽	冯梦龙《笑府》/93
得过且过	陶宗仪《南村辍耕录》/64	崂山道士	蒲松龄《聊斋志异》/94
越人溺鼠	宋濂《燕书》/65	大　鼠	蒲松龄《聊斋志异》/96
乌鸦与蜀鸡	宋濂《燕书》/66	点石成金	石成金《笑得好》/97
借梯子救火	宋濂《燕书》/67	狼子野心	纪昀《阅微草堂笔记》/98

水土不同

《晏子春秋》

春秋时，齐国大夫晏子将要出使楚国。楚王知道了这个消息，对左右的大臣说："这个晏婴，是齐国一位很会说话的人。如今，他要来我们这里了。我打算羞辱他一下，你们考虑一下，用什么办法呢？"一个大臣说："等他来到以后，我们就捆起一个人来，从大王面前走过，到时候您就问：'这个罪犯是哪里人？'我们就回答：'是齐国人。'您再问：'他犯了什么罪呢？'我们就回答：'犯的是盗窃罪。'"

晏子来到了楚国，楚王设宴招待晏子，赐给晏子酒喝。就在大家酒酣耳热之际，只见两名士兵押着一个五花大绑的汉子来到楚王面前。楚王见状，高声询问："这个捆着的是什么人？"士兵回答说："报告大王，是齐国人，因为盗窃而犯罪。"

这时，楚王得意地看着晏子问道："你们齐国人生来就喜欢偷盗吗？"

晏子离开座席，恭敬地走到楚王面前，回答说："我听说，橘树生长在淮河以南，结出的果实是橘子，如果生长在淮北，结出的果实叫枳子。尽管这两种树的叶子很相似，但是结出的果实一个是甜的，一个是苦的，大不相同。这是什么原因呢？是因为水土不同啊。现在这个被捆绑的人在齐国的时候不会偷盗，到了楚国却成了小偷，这难道不是楚国的水土比较容易使民众学会偷盗吗？"

楚王听了晏子这一番雄辩，心服口服，笑着说："聪明的人真是不可戏弄啊，我今天反而是自讨没趣儿了。"

大鹏与焦冥

《晏子春秋》

有一天,齐国国君景公问晏子:"天下有最大的东西吗?"

晏子回答:"有啊。在北海有一种鸟,叫作大鹏,长得十分庞大,它的两只脚踏着浮动的云朵,背部直插云霄,尾巴横卧在天间,如果纵身一跃,嘴巴能够啄到北海里,鸟头和鸟尾能够塞满天地之间,巨大的翅膀伸展开,无边无际,一眼看不到尽头。"

景公又问:"那么天下有最细小的东西吗?"

晏子回答说:"有啊。东海里有一种小虫子,它在蚊子的睫毛上筑巢,产卵孵化幼虫,小虫长大了长出翅膀飞出去,这样一次又一次,而蚊子从来没有觉察到。臣晏婴不知道它叫什么名字,只是知道东海的渔民称它为焦冥。"

不论是最宏大的还是最细小的,世界上永远有一些奇异的事物,超出了我们的认知范围。即使是贤明的国君,也不一定都知晓啊!

同舟共济

《孙子》

吴国和越国打了许多年的仗，互相视为仇敌。平时，两国人见了，剑拔弩张，一点儿也不友好。

一天，碰巧吴国人和越国人乘坐了同一条船渡过一条大河。他们彼此淡淡地望着，相互没有说一句话。船到了河中间，突然刮起了一阵狂风。大船在风浪里摇晃颠簸，眼看就要翻了。在这危急时刻，吴国人和越国人早就把前嫌抛到九霄云外了。他们相互鼓励，相互救助，像一个人的左右手一样彼此相互依赖，大家齐心协力，终于稳住了要翻的船只，顶住了风浪的考验，共同安全地到达了彼岸。

蛙蝇与晨鸡

《墨子》

墨子的学生子禽问墨子:"话说多了有好处吗?"

墨子回答:"癞蛤蟆、青蛙、苍蝇日夜不停地鸣叫,叫得口干舌燥,可是人们却不愿意听,因为它们的声音吵得人烦躁不安,而雄鸡只是在每天黎明时喔喔啼叫,却能让天下人仔细倾听,并且有所行动。多说话有什么好处呢?话不在多,关键是要说得适合时机。"

纪昌学射

《列子》

甘蝇是古代擅长射箭的高手。他拉弓射箭，野兽应声倒地，飞鸟立即从天上掉下来。甘蝇的学生叫作飞卫，飞卫跟随甘蝇学射箭，结果箭法比老师还准。纪昌拜飞卫为师学习射箭，飞卫教导他说："你先要学会不眨眼睛，然后才可以谈论射箭。"

纪昌回到家里，躺在妻子的织布机下，两只眼睛紧紧盯着一上一下的脚踏板，尽量不眨眼睛。这样练了两年以后，即使锥子尖刺到了他的眼眶，他的眼睛也不眨一下。他把练成的这种本领告诉了飞卫，飞卫说："这样还不行，必须锻炼好视力才行。要练到能把小的东西看成大的东西，把模糊的东西看得非常清楚，然后你再来告诉我。"

回到家，纪昌用牛尾巴上的毛系住一只虱子，吊在窗户上，每天面向南面，目不转睛地望着它。十天之内，在他的眼里，虱子逐渐变大起来，三年之后，那只小小的虱子竟然变得像车轮一样大了。

纪昌再看看其他比虱子大的东西，都变得像山丘那么大了。于是，纪昌就拉开用燕国牛角装饰的弓，搭上用北方蓬草茎制成的箭，去射那只虱了，不偏不倚，正好穿透了虱子的中心，而悬挂虱子的牛尾毛并没有折断，还在窗子上荡来荡去。

纪昌为自己的进步感到十分高兴，把这个情况告诉了飞卫。飞卫高兴得跳了起来，拍着胸脯说："你已经掌握射箭的本领了，不用我再教你了。"

薛谭学唱歌

《列子》

薛谭向秦青学习唱歌，还没有完全学会秦青的本领，就认为已经学会了，于是就辞别秦青，要返回家去。

秦青并没有阻拦他，只说："好吧，明天一早，你就可以走了。"

第二天早晨，秦青在城外的大路上给薛谭饯行。宴会上，秦青踏着节拍，唱起了悲壮的歌曲，歌声响彻了附近的树林，正在歌唱的小鸟停止了歌唱，连天上本来在徐徐飘动的云彩也静止不动了。

薛谭见状，连忙向老师秦青认错，要求回来继续学习。从此，薛谭终生不敢再说回家的话了。

不食盗食

《列子》

东方有一个叫爰（yuán）旌目的人，准备到远方去，刚走到半路就饿倒在地上了。

在狐父这个地方，有一个叫丘的强盗，看到路旁的这个人饿得奄奄一息了，便拿来一些吃的喝的，俯下身喂他吃。

爰旌目吃了几口饭，渐渐有了精神，睁开眼睛问道："好心人，你是哪里人？"

丘回答说："我是狐父人，名字叫丘。"

爰旌目听了，气愤地说："哇，你是个强盗吧？狐父这个地方是强盗之乡啊。你为什么喂我饭？我是个讲仁义的人，不能吃你这个强盗送来的饭。"说完，爰旌目两只手按在地上，用力呕吐，呕吐不出来，喉咙里咯咯作响，趴在地上很快就死去了。

齐人攫金
《列子》

从前,齐国有一个非常想得到金子的人。

一天清晨,他早早起床,穿上衣服,戴上帽子,匆匆往集市上赶。到了一家卖金子的地方,他趁人不备,抓起金子,扭头就跑了。

官吏接到了报案,急忙追捕,很快捉住了他。

在大堂上审讯时,有人问:"众目睽睽之下,你为什么偷人家的金子?"

那人回答说:"我拿金子的时候,没有看到人,只看到了金子啊!"

杨布打狗
《列子》

杨朱的弟弟名叫杨布。

一天，杨布穿了一件白色的衣服走出了家门。天空突然乌云密布，很快下起雨来。杨布脱下了白色衣服，穿着黑色衣服赶回家里。

他家的狗没有认出主人，就扑上来对他汪汪大叫。杨布大怒，抄起棍棒就要打狗。

杨朱制止弟弟说："你不要打狗了，你也会遇到这样的情况的。如果你的狗出去的时候是白色的，回来的时候变成黑色的了，你难道不感到怪异吗？"

嗟来之食

《礼记》

有一年,齐国遭了大饥荒,饿死了很多人。

有一个叫黔敖的富人发了善心,在大路旁摆了一些馒头和酒水,等待那些饿得饥肠辘辘的人前来食用。

一天,一个穿着破烂衣服像乞丐一样的人慢慢悠悠地走来了。只见这人饿得头晕眼花,抬起袖子蒙着脸,脚下穿着一双极其破烂的草鞋。黔敖左手拿着食物,右手端着酒水,以一种高高在上的口气喊道:"喂喂,过来吃东西!"

那个人听了,放下蒙在脸上的袖子,瞪大双眼,生气地对黔敖说:"哼!谁稀罕你的破东西!我这一路上就是因为不吃别人施舍的东西,才饿到这种程度的。"

黔敖一听,觉得自己刚才说话的语气确实带有侮辱性,伤了那人的自尊心,连忙道歉。但是,那人始终没有吃黔敖的食物,不久便饿倒在地上,很快死了。

偷鸡者

《孟子》

有一个人，他每天都要偷邻居家的一只鸡。

有人知道后，劝告他说："你这样做不对，不符合君子之道，还是赶快罢手吧。"

他不甘心地说："那就让我逐渐改掉这个不好的习惯吧。我计划减少偷鸡的次数，由每天一只减为每月一只。这样下去，等到明年，我就洗手不干了。"

既然知道了这样做是错误的，就应该马上停止偷窃，为什么还要等到明年呢？如此拖延下去，只怕会失去改正的机会。

小吏烹鱼

《孟子》

从前,有人送给郑国的大夫子产一条活鱼,子产让看管水池的小吏把鱼放到水池里养起来。

那个小吏却没有听从子产的话,把鱼剖开煮着吃了。鱼非常鲜美,那人吃得很过瘾。吃完了鱼,他就去子产那里报告说:"那条鱼刚刚放入水池中的时候,懒洋洋的不想动弹,不久就摇头摆尾,欢快地游动起来,很快就游得无影无踪了。"

善良的子产听了,接着小吏的话高兴地说:"它到它该去的地方去了。"

小吏退出来后,自鸣得意地说:"谁说子产聪明?我看未必。我已经把那条鱼煮着吃了,子产反而说'到它该去的地方去了'!"

因此,智者可能被貌似有理的话所蒙蔽,但不会被不合情理的话所欺骗。

以邻为壑
《孟子》

战国时期，白圭（guī）是魏国的相国。

一天，白圭对孟子说："我白圭治理洪水赫赫有名，比大禹还厉害。"

孟子说："您在说大话。大禹治水，是按照水流的规律，将洪水引入大海，大禹是将四海作为自己泄洪的地方。而您将堤坝高筑，让水流进邻国。水一旦倒流，就会泛滥成灾。这样治理洪水的方法，是仁人志士所鄙视的，您的这种做法实在是太过分了。"

缘木求鱼
《孟子》

战国时期，各个诸侯国都想吞并别的国家，争做霸主。齐国的力量很强大，更是野心勃勃。到齐宣王的时候，他一心想通过发动战争来扩张领土，树立威信，让自己称霸天下。

孟子主张推行仁政，不希望发动战争，于是就去见齐宣王，对齐宣王说："听说您想用战争征服天下，这是绝对不行的。您要想使天下都归顺自己，实现统一天下的愿望，就必须先好好地治理自己的国家，施行仁政，使天下的官员、农人、商人，甚至旅行者，都愿意到您这儿来，百姓都能安居乐业。如果用武力去征服别的国家，就像爬到树上去捉鱼一样，辛劳而无所得，根本达不到目的。如果想用这样的行动去实现自己的愿望，最后会引来灾祸的！"

齐宣王根本不听孟子的话，还是经常发兵攻打别的国家，最终，他也没有实现统一天下的愿望。

冯妇搏虎

《孟子》

晋国有一位叫冯妇的人，善于捕捉老虎。后来，他洗手不干了，成为一个不杀生的善士。

有一天，他去野外散步，突然看到许多人在追赶一只大老虎。老虎跑到山弯里，依靠着山崖，随时准备扑向众人。人们害怕了，不敢往前走了。

大家看见了冯妇，像是看见了救星一般，连忙向冯妇求救。冯妇说他一定帮忙，说着便捋起袖管，伸出手臂，准备上前与老虎搏斗。众人见了十分高兴。可是，那些迂腐的读书人却在背后嘲笑他，认为他违反了做善士的准则。

畏影恶迹

《庄子》

有一个人,由于害怕自己的影子、厌恶自己的脚印,就使劲向前奔跑,极力想摆脱它们的追踪。

可是,他跑的步子越多,留下的脚印就越多;跑得越快,影子追踪自己的速度就越快。他认为被脚印和影子紧追不舍,是因为自己跑得还是不够快,于是就没命地狂奔不止,结果累得筋疲力尽,死去了。

这个人不知道站在阴影里就见不到影子,静止不动就不会留下脚印,真是太愚蠢了。

庖丁解牛

《庄子》

庖丁为梁惠王杀牛,凡是他的手接触到的、肩膀靠着的、脚踩着的、膝盖顶着的地方,都发出响声。割肉刀伸进去,咯吱吱,牛肉爽快地分离开来,发出的声音和谐悦耳。庖丁分解牛的动作如同商汤时代的《桑林》舞蹈一样优美,割肉发出的声音好像尧时的《经首》乐曲一样动人。

梁惠王赞美说:"你的技术怎么能达到这样精湛的地步呢?"

庖丁放下刀,回答说:"我爱好的是道,道比技术还要高一等。我刚开始杀牛的时候,所看到的无非是一头又一头整体的牛,三年以后,我见到的是牛的骨缝空隙和筋脉走向,而非普通的牛了。到了今天,我杀牛时不用眼睛看,只是凭借心神同牛接触,感官和知觉不再起作用,握刀的手只依靠神秘的直觉杀牛。我顺着牛的天然生理结构下刀,刀子劈向大的骨节空隙,筋骨与肉就自然分开了。"

鹓鶵相非

《庄子》

惠子做了梁惠王的宰相，庄子前去看望他。

有人对惠子说："庄子这次来看您，目的是想取代您的宰相位置啊。"

惠子十分惊恐，让人搜查庄子，一直搜了三天三夜。

庄子听说了，立即去见惠子，对他说："南方有一种名字叫鹓鶵（yuān chú）的凤凰鸟，它从南海出发，飞往北海，只在梧桐树上休息，只吃竹子结出的果实，只饮甘甜的泉水。一只猫头鹰得到了一只腐烂发臭的老鼠，看到鹓鶵翩翩飞来，以为它要抢自己的食物，于是，昂起头，瞪着眼，向鹓鶵发出威吓。你到处找我，是想拿宰相的头衔来吓唬我吗？"

匠石运斤
《庄子》

楚国的都城郢（yǐng）有一个人，他的鼻子尖上沾了一点儿石灰，像苍蝇的翅膀那样薄，他去找石匠用斧子为他把这点儿石灰砍削下来。

只见那位石匠挥动斧子呼呼生风，那个人听任石匠砍削，面无惧色。过后，郢人鼻子上的石灰全部被削掉了，而鼻子却丝毫没有受伤。

过了好些年，宋元君听说了这件事，便召见石匠说："请你也尝试着给我砍削一下。"

石匠说："我过去曾经擅长砍削。那个被我砍削过鼻子上白灰的人已经死去很久了。没有了那个人，我的这个本领也就不存在了。"

涸辙之鲋

《庄子》

庄子家里很贫穷,他去监河侯那里借粮食吃。监河侯说:"好吧。我不久就会收来租税了,到时候我借给你三百金,行吗?"

庄子气得脸色都变了,说:"我昨天到你这里来的时候,半道上听到呼救的声音,我四下看了一下,才发现在干涸的车辙里,躺着一条小鲫鱼,原来是这条鲫鱼在呼救。我问:'小鱼呀,你为什么呼喊呢?'鲫鱼回答说:'我是东海龙王的臣子,不幸流落到这里。你能给我一些水救活我吗?'我说:'行啊!请你等我到南方去,游说吴国、越国的国君,引来西江的江水来救你,可以吗?'鲫鱼听了,气愤得脸色都变了,说:'我失去了赖以生存的水,就没有存身的地方了。眼下我只要得到一斗半升的水就可以存活,可是您讲这些空话有什么用,还不如早早去卖干鱼的铺子找我呢!'"

(注:"鲋"读"fù"。)

鲁侯养鸟

《庄子》

从前,有一只海鸟落到鲁国的郊外。鲁侯为了迎接它,在宗庙里摆下了酒席。海鸟一出现,就演奏《九韶》乐曲请它欣赏,摆上牛羊猪肉给它吃。海鸟被这种盛大的场面吓得头晕眼花,忧愁悲伤,一杯酒也不敢喝,只过了三天,就死去了。

以供养自己的办法来养鸟,而不是以养鸟的办法来养鸟,结局就可想而知了。

屠 龙 术

《庄子》

有一个叫朱坪漫的人,家有千金,非常富有。为了跟支离益学习杀龙的技术,他花尽了家里的全部钱财,跋涉千里,拜名师辛勤学习三年,终于学成,掌握了屠龙的全部技巧,可以说身怀绝技,然后回到了家乡。

但是,到哪里去杀龙呢?这个人苦心学成的屠龙术真是一点儿用处也没有啊!

宣王好射

《尹文子》

齐宣王爱好射箭。他喜欢听人们夸赞他能够拉开硬弓，其实他拉开弓所用的力量还不到三石。他常常拉弓射箭给大臣们看。大臣为了取悦宣王，都走上前来试着拉宣王所用的弓，但往往是拉开半满就故意停下来说拉不动了，讨好地对宣王说："拉开这张弓要用不少于九石的力气，除了大王，谁也拉不开它啊！"

齐宣王听了，十分高兴。

然而，齐宣王所用的弓实际上不过三石，可是他终生都认为是九石。三石是实际，九石是虚名。宣王喜欢得到虚名却不顾实际。

黄公好谦卑

《尹文子》

齐国有个黄公，为人十分谦虚。他有两个女儿，都美貌绝伦，可谓国色天香。可是黄公常常故意用谦逊的言辞贬低她们，把她们说成丑八怪。这样说得多了，黄公的这两个女儿丑陋的名声远扬，以至于当她们到了婚嫁的年龄，齐国却没有一个人来求婚。

卫国有一个老光棍，冒冒失失地把黄公的长女娶了过来，原以为新娘子长得很丑，结果发现是一个绝色美人，而后他对人们说："黄公是一个喜欢谦逊的人，故意把他的女儿说成是不美丽的。"

于是人们争着来提亲，有个人把另一个也娶了去，果然小女儿也是貌若天仙。

山鸡与凤凰

《尹文子》

一个楚国人担着一只山鸡晃晃悠悠地走在路上。过路人问道:"这是什么鸟啊?"

那个楚国人说:"是凤凰。"

过路人说:"以前我只是听说有凤凰,今天才有幸看到了,你愿意卖给我吗?"

楚人说:"愿意呀。"

过路人出价十金,楚人不卖。过路人再添了一倍的价钱,楚人才卖了。

过路人想把它献给楚王,不料过了一夜,那只山鸡却死了。过路人顾不得痛惜自己花费的金子,只是遗憾不能将它献给楚王了。

国内的人都在谈论这件事,都认为那是一只真凤凰,由于十分贵重,过路人才想把它献给楚王的。不久,楚王也听说了这件事,十分感动,于是召见了那个过路人,给他丰厚的赏赐,那些赏赐要比买山鸡所花费的金子多十倍。

和氏之璧

《韩非子》

楚国人和氏在楚山中得到了一块璞玉,恭恭敬敬地把它献给楚厉王。楚厉王让玉匠鉴别真伪,玉匠说:"这是一块石头啊!"楚厉王认为和氏欺骗了自己,就下令砍掉了他的左脚。

等到厉王死去,武王登上王位,和氏又捧着璞玉献给武王。武王让玉匠鉴定,玉匠又说:"是块石头。"武王也认为和氏欺骗了自己,就下令砍掉了他的右脚。

武王死了,文王登上了王位,和氏便抱着璞玉在楚山脚下哭泣,哭了三天三夜,眼泪哭干了,最后鲜血从眼中流了出来。

文王听说了,派人去问他为什么痛哭不已:"天下受砍足之刑的人很多,为什么唯独你哭得这么悲伤呢?"

和氏回答说:"我并不是为自己失去双脚而悲伤,我悲伤的是一块价值连城的宝玉却被说成是块石头,忠贞正直的人竟然被说成是骗子,这才是我悲伤的真正原因啊。"

文王见状,立即命令玉匠对这块石头进行加工,果然得到了一块稀世宝玉,于是命名为"和氏之璧"。

目不见睫

《韩非子》

楚庄王想攻打越国，杜子劝阻说："大王为什么要去攻打越国呢？"

楚庄王回答说："越国政治混乱，兵力也弱。"

杜子说："我很担忧这件事。一个人的见识就像眼睛一样，能够看到百步以外，却看不到自己的眼睫毛。大王的军队被秦国和晋国打败，丧失了几百里土地，这说明楚国的军队很弱。庄跻（qiāo）在国内造反，官吏都不能阻止，这是楚国政治混乱的表现。楚国的衰弱混乱并不亚于越国，可是您在这种情况下还要去攻打越国，您这样的见识，就像眼睛看不见自己的睫毛一样，您只看到了越国的弱点，却没有看到自己的不足。"

楚庄王觉得杜子的话很有道理，于是放弃了攻打越国的打算。

所以说，最难的不是能看见别人的弱点，而在于能认识自己的短处。因此，能够看见自己的短处的，可以称为有自知之明。

纣为象箸

《韩非子》

殷纣王让人做了一副象牙筷子，箕（jī）子知道了，感到很恐惧。因为他认为，贵重的象牙筷子一定不会和粗糙的碗盘一起使用，肯定会用在由犀角玉石制成的贵重杯盏上。使用象牙筷子和玉杯的人，一定不会吃豆子一类普通的饭菜，肯定要吃世上难得的山珍海味。吃山珍海味的人肯定不穿粗布衣服，不住在茅屋里，而是要穿上一层又一层的绫罗绸缎，住在高大宽敞的房子里。他害怕纣王这样做会导致可怕的后果，所以，纣王一使用象牙筷子，他就感到很恐惧。

过了五年，纣王的生活越来越糜烂了，他还下令在沙丘平台用酒装满池子，把各种动物的肉割成一大块一大块挂在树林里，做成了"酒池肉林"，同时，还设了炮（páo）烙这样的酷刑，纣王骄奢淫逸的生活很快让商朝走向了灭亡。

（注："箸"读"zhù"。）

远水不救近火

《韩非子》

鲁穆公为了与晋国和楚国搞好关系，打算将一些诸侯的儿子派往晋国或楚国去做官。

有一个叫犁锄（chú）的大臣说："比如，鲁国的孩子掉进水里了，却到越国去请人来搭救，越国人虽然擅长游泳，但是等越国人从大老远的地方赶来，孩子早没命了。再比如，已经失火了，却跑到遥远的海边去取水来灭火，即使取来的海水再多，也救不了火啊，这就叫作远水救不了近火。现在晋国和楚国虽然十分强大，但是离我们太远了，齐国离我们最近，您却不联合，反而联合晋国和楚国，一旦鲁国有难了，谁能及时来救我们呢？"

三人言虎

《韩非子》

魏国的大臣庞恭随侍魏王的儿子到赵国的都城邯郸去做人质。临行之前，庞恭对魏王说："现在有一个人对您说大街上有一只老虎，您相信吗？"

魏王说："我不信。"

庞恭继续问："如果有两个人说街上有老虎，您相信吗？"

魏王摇摇头说："不信。"

庞恭说："如果三个人都说街上有老虎，您信吗？"

魏王说："那我就相信了。"

庞恭说："大街上没有老虎，这是不言自明的，可是三个人都说有，那就真的会有老虎了。现在邯郸离魏国比从宫廷到街市远得多，大王周围议事的大臣又不止三个，至于他们如何议论我，请大王明察秋毫。"

后来，庞恭从邯郸回魏国，魏王果然听信了谗言，没有召见他。

曾子杀猪

《韩非子》

曾子的妻子要去集市,儿子哭闹着要跟她一起去,于是她就哄儿子说:"你回去,等我回来就杀猪给你吃。"

妻子刚从集市上回来,曾子就上前去抓猪,准备宰杀它。妻子制止说:"我不过是跟小孩子说着玩罢了,哪能当真呢?"

曾子却说:"小孩子是不能闹着玩的。他们跟着父母学,听从父母的教诲。今天你欺骗了孩子,就是在教他欺骗别人。"

说完,曾子就把猪杀了,将猪肉放在锅里煮烂了,盛给小孩子吃。

棘刺刻猴

《韩非子》

燕王爱好精致巧妙的小玩意儿。有个卫国人拜见燕王说:"我能够在棘刺尖上雕刻猕猴。"燕王听了,十分高兴,便用丰厚的俸禄来供养他。

过了一些日子,燕王说:"让我看一下你在棘刺尖上刻的猕猴。"

卫国人说:"大王要是想看到它,必须半年不到后宫去,不喝酒,不吃肉,选择在雨过天晴、太阳照耀大地的时候,在半明半暗之间,才能看见在棘刺上雕刻的猕猴。"

按照这个条件,燕王是看不到那个卫国人的"杰作"的,只好继续养着他。

郑国有个铁匠,听说了这件事,就来拜见燕王,向燕王献策说:"我是打造刀子的,所有微小的东西都要用刀子刻削,所刻削的东西一定比刻刀的刀锋大。如今棘刺的尖端肯定容纳不下刀锋,要想在上面雕刻,是难以办到的。请大王看看他的刻刀,这样一来,到底能不能在棘刺尖上刻猕猴就会清楚了。"

燕王说:"你说得好!"

于是,燕王就对那个卫国人说:"你用什么工具在棘刺尖上雕刻猕猴呢?"

卫国人说:"用刻刀。"

燕王说:"我想看看你的刻刀。"

卫国人说:"请大王允许我回到住处去拿来。"

燕王答应了,而那个卫国人却趁机溜掉了。

自相矛盾

《韩非子》

楚国有一个人在集市上摆了一个摊子,叫卖矛和盾。矛看起来很锐利,盾也十分坚固,引来了许多人围观。

这人兴致勃勃地对人们炫耀说:"我的盾非常坚固,没有什么东西能够穿透它。"接着,他又夸耀自己的矛说:"我的矛锋利极了,能够刺破世上任何东西。"

这人的话音刚落,人群中就有一个声音响起:"看来你的矛和盾都是天下最好的了,那么,你就用你的矛刺你的盾吧,看看结果会怎么样?"

卖矛和盾的人听了,张口结舌,说不出话来了。众人哄笑一声散开了,只剩下这人孤零零地守着号称天下最好的矛和盾。

画鬼最易

《韩非子》

有位画家为齐王画画,齐王问他:"什么东西最难画?"

画家回答说:"狗和马最难画。"

齐王又问:"什么东西最容易画?"

画家回答说:"鬼怪最好画。因为狗和马是人们所熟悉的,人们天天都能看到它们,不能随意画,画得稍微不像,人们一眼就能看出来,因此很难画好。鬼怪之类的东西,来无影去无踪,谁也没有亲眼见过,画起来自由自在,所以最容易画。"

中州之蜗

《於陵子》

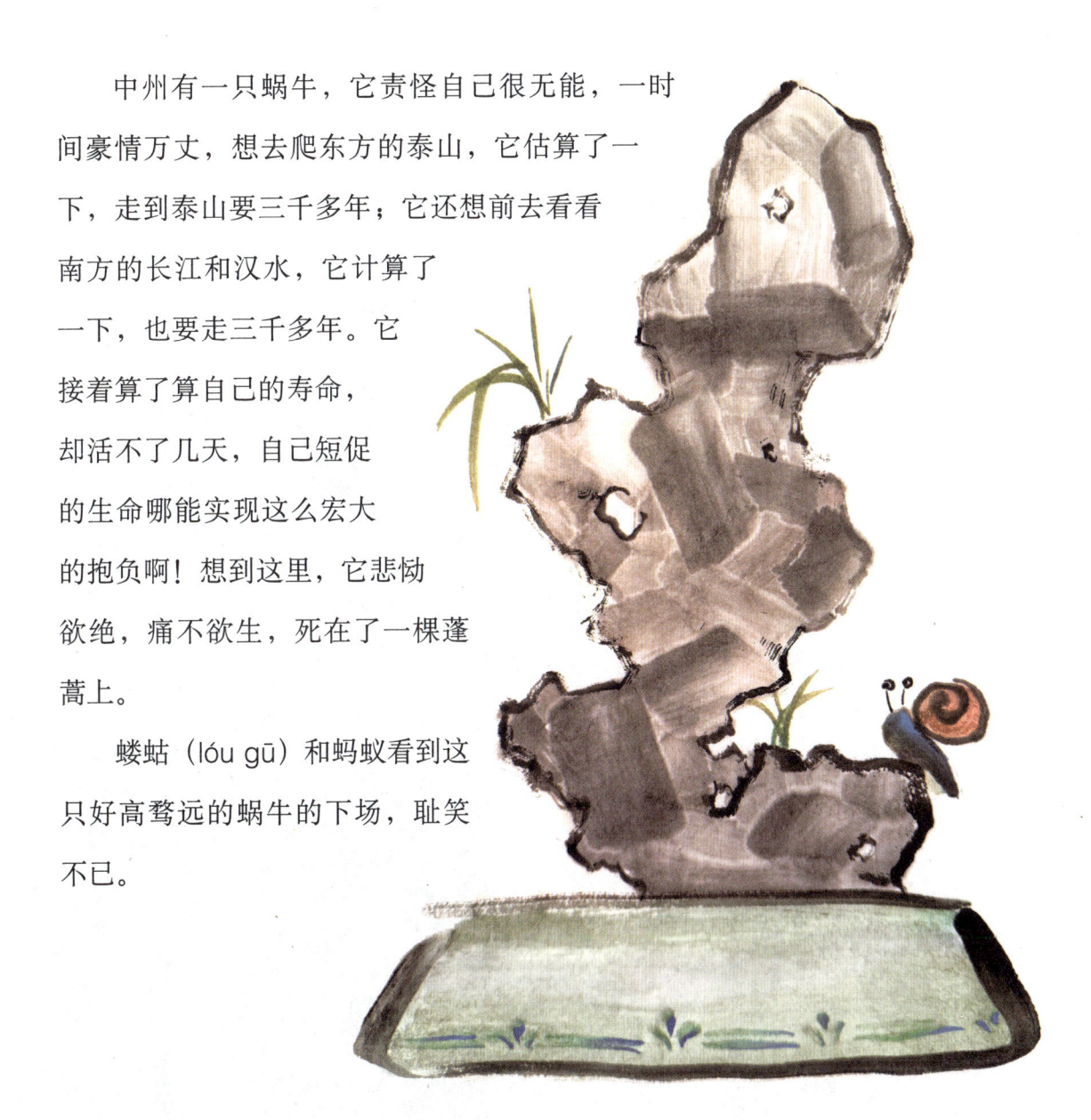

中州有一只蜗牛,它责怪自己很无能,一时间豪情万丈,想去爬东方的泰山,它估算了一下,走到泰山要三千多年;它还想前去看看南方的长江和汉水,它计算了一下,也要走三千多年。它接着算了算自己的寿命,却活不了几天,自己短促的生命哪能实现这么宏大的抱负啊!想到这里,它悲恸欲绝,痛不欲生,死在了一棵蓬蒿上。

蝼蛄(lóu gū)和蚂蚁看到这只好高骛远的蜗牛的下场,耻笑不已。

循表涉澭

《吕氏春秋》

楚国想攻打宋国,就派人先去测量澭(yōng)水的深浅,并做上了标记。不料澭水暴涨,楚国人不知道,在夜里仍然沿着原来做好的标记渡河,结果淹死了一千多人。楚军惊恐万状,就像都市里的房舍倒塌时那样。

先前设立标记时,楚军是可以安全渡河的;现在河水水位上涨,楚人还是按照原来的标记渡河,这就是他们失败的原因。

臭味相投

《吕氏春秋》

有一个人，狐臭很厉害，浑身散发出强烈的臭味，他的亲戚、兄弟、妻妾、朋友都忍受不了这种奇臭，没有一个人肯和他待在一起。他感到非常苦恼，就远离家乡，住到了海边。海边却有这么一个人，非常喜欢他身上散发出的臭味，白天黑夜都跟在他身后，贪婪地闻着他身上的臭味，简直一刻也离不开。真是物以类聚、人以群分啊。

投婴于江
《吕氏春秋》

有一个人从江边经过,看到一个人正牵着一个小孩子,要把小孩子投进波涛汹涌的江里去,小孩子吓得哇哇大哭。这人就上前询问:"孩子这么小,您为什么要把他投进江里去呢?"那人说:"这个孩子的父亲非常善于游泳啊。"

这个孩子的父亲擅长游泳,孩子就天生会游泳吗?这样做事,会造成悲剧性的后果啊!

窥井自照

《吕氏春秋》

列精子高因为他的贤德高尚而得到齐湣（mǐn）王的赏识。

一天早晨，列精子高穿着上朝的礼服，戴着用生绢制成的帽子，脚穿十分得体的鞋子，准备上朝去。这时天下起雨来，列精子高便提起衣服走到厅堂，问侍从道："我这个样子怎么样啊？"

侍从说："您光彩照人，艳丽非凡。"

列精子高听了，就走到一口井旁，往井里望了望，被自己的形象吓了一跳，因为井水清晰地映照出自己原来是一个丑陋的男人。于是，他离开水井，叹息着说："侍从因为我受到齐王的尊敬，就对我这样极力奉承。对于看中我的美德的齐王，人们对他的阿谀奉承就更加不遗余力了。可是，对于齐王来说，是没有镜子让他照见自己的弱点的。嗜，这样下去，离亡国的日子不远了！"

次非刺蛟

《吕氏春秋》

楚国有一个叫次非的人，在吴国的干遂这个地方得到了一把宝剑。他坐船渡江回家，船到了江心的时候，只见有两条蛟龙缠绕着船只，船上的人十分害怕。

次非问船夫："你见过在两条蛟龙缠绕着船的情况下，船上的人还能活命的吗？"

船夫说："我没有见过。恐怕我们这次要喂蛟龙了。"

次非举起手臂，挽起袖子，拔出宝剑，慷慨激昂地说："这蛟龙不过是江里的一堆臭肉烂骨头罢了，如果丢了宝剑能够保全自己，我还有什么不能舍弃的呢！"

说完，次非向前一跃，跳入江中，与蛟龙搏斗起来。终于，次非将两条蛟龙都杀死了，提着宝剑回到了船上。一船人都得救了。

两虎相斗

《战国策》

两只老虎为了争着吃人而搏斗起来。管庄子见了,想冲上去把它们杀死,管与阻止他说:"老虎是十分暴虐的野兽,人是老虎的一顿美食。如今,这两只虎为了争着吃人而激烈搏斗,斗来斗去,小的必然被咬死,大的必然受重伤。你等它们搏斗完,到时候只需去刺死那只受伤的老虎就行了,这是一举两得的事情。不费一点儿力气,却得了刺死两只老虎的名声,何乐而不为呢!"

惊弓之鸟

《战国策》

魏国的射箭高手更羸（gēng léi）和魏王一起站在高台子下面，抬头仰望着空中的飞鸟。

更羸对魏王说："我只要拉开弓，不用搭上箭，就能射下鸟来。"

魏王疑惑地问："难道你射箭的技术竟然达到这种地步了？"

更羸自信地说："肯定没问题。"

过了一会儿，一只大雁从东方飞过来，更羸用力拉了一下弓弦，随着弓弦发出的声响，那只雁就一头栽了下来。

魏王惊叹道："你射箭的技术为什么能达到这种地步呢？"

更羸说："这是一只受伤的大雁。"

魏王问："先生是怎么知道的呢？"

更羸解释说："这只大雁飞得很慢，叫声悲凉。飞得慢，是因为旧伤疼痛；叫声悲凉，是因为它离开雁群已经很久了。正是因为旧伤还没好，害怕的心情尚未消除，所以，听到弓弦声，就以为有人又要拿箭射它，急忙展翅高飞，结果旧伤口破裂，就从空中落下来了。"

千金买马首

《战国策》

古代有一位想用千金购买千里马的国君，买了三年也没有买到一匹。

一个侍臣对国君说："请让我为您找一下吧。"

国君就派他去寻求千里马了。不出三个月，这人就找到了一匹千里马，可是这匹马已经死了，侍臣就用五百金买下马头，回来献给了君王。

国君见了，非常愤怒，斥责他说："我让你找的是活的千里马，哪里说要找死马？白白浪费了我五百金。"

那个侍臣说："买下死马肯花五百金，何况活马呢？这样一来，天下的百姓都会认为您是真心想买千里马。您等着吧，很快就会有人送来千里马。"

果然，不到一年，各地就送来了三匹千里马。

鹬蚌相争,渔翁得利

《战国策》

一只河蚌(bàng)刚刚张开壳来晒太阳,一只鹬(yù)鸟飞来,伸嘴去啄它的肉,河蚌猛地合上了壳,一下子把鹬鸟的嘴紧紧钳住了。

鹬鸟说:"今天不下雨,明天不下雨,你就会渴死。"

河蚌也对鹬鸟说:"今天不放你,明天不放你,你就会饿死。"

河蚌与鹬鸟僵持着,互不相让。一会儿,一个渔夫走过来,把它们一齐捉走了。

螳臂当车

刘安 《淮南子》

齐庄公坐车外出打猎，看见一只小虫抬起前臂来，要和车轮搏斗，就问赶车的人："这是什么虫子呀？"

赶车的人回答说："这就是螳螂呀。这种小虫子，只知道前进，不知道后退，自不量力而轻视敌人。"

庄公感叹说："如果螳螂是人的话，肯定是天下最勇敢威武的将士了！"说完，就命令车夫把车子退回去，避开了那只螳螂。

齐军中勇敢的兵将们听说了这件事，都知道了在战场上应该勇往直前、精忠报国了。

曲突徙薪

刘向 《说苑》

有一户人家来了一位客人,客人看见他家灶上砌了一个很直的烟囱,烟囱旁边堆着一些柴火。这位客人就对主人说:"你应该把烟囱改成弯曲的,并且把柴火挪开,不然的话,就会引起火灾。"主人听了,并没有在意。

过了没几天,他家果然失火了。乡邻们都跑来抢救,将大火扑灭了。

于是,这家人为了答谢乡邻,就杀了一头牛,买了许多酒,宴请救火的众人。那些头发烤焦、烧得焦头烂额的救火者坐在上席,其余的按照救火的功劳依次排列了座次,反而没有请那位建议他改烟囱的人。

如果这家人当时听从了客人的建议,就不用杀牛摆酒席破费钱财了,也根本不会有这场火灾发生了。

猫头鹰搬家

刘向 《说苑》

一只猫头鹰遇到了一只斑鸠。

斑鸠问猫头鹰:"你要到哪里去?"

猫头鹰说:"我要把家搬到东边去。"

斑鸠问:"为什么呢?"

猫头鹰回答说:"乡里的人都讨厌我的叫声,所以我要迁到东边去。"

斑鸠说:"如果你能改变你的叫声,就可以迁到东边去;如果你不能改变你的叫声,即使你搬到东边,东边的人也会讨厌你的叫声的。"

叶公好龙

刘向 《新序》

叶公非常喜欢龙，他的衣带钩上画的是龙，家中酒器上画的是龙，房檐、房顶上也用龙的图案做装饰。龙的形象充斥着他的周围，可以说，他生活在一大群龙的图画中间。天上的真龙听说叶公如此喜欢龙，非常高兴，就从天上下来，来到叶公的家里。真龙的头从叶公的窗户向里探望，尾巴拖在厅堂里。叶公看到真龙从天而降，盘踞在自己家里，吓得魂飞魄散，面无人色，大叫一声，转身疯狂地逃出了家门。

原来，叶公并不是喜欢真正的龙，而是喜欢那些看起来像龙，但是实际上并不是龙的东西罢了。所以当他面对真龙时，才吓得半死，拼命逃跑了。

鸡犬升天

王充 《论衡》

淮南王刘安学习修道,邀请了天下所有会道术的人来,自己宁愿放弃封国君王的尊贵地位,广泛结交会道术的人。因此,天下擅长道术的奇人异士,纷纷在淮南会集,南方奇异的仙方仙术,没有不争相贡献出来的。

于是,经高人指点,淮南王得道升天,他的家人也一起得道升天,家里的鸡犬也都成了仙,升上天庭。一时间,只听得狗在天上叫,鸡在云中啼。这个故事说明若一个人得势了,同他有关系的其他人都会沾光的。

一叶障目

邯郸淳 《笑林》

从前,有个楚国人家里很穷,喜欢死读书。

一天,他正在读一本叫《淮南子》的书,看到书上写着:"如果谁得到了螳螂捕蝉时用来隐蔽自己的树叶,谁就可以把自己的身体隐蔽起来了。"

于是,从这天起,他整天在树林里转来转去,寻找螳螂捕蝉时藏身的叶子。终于有一天,他看到一只螳螂隐身在一片树叶下捕蝉,他高兴极了,赶紧扑上去,去摘那片叶子。可是,他一不小心,那片叶子掉在地上,与满地的落叶混在一起。他分不清哪片叶子是刚刚落下的,只好把地上的落叶扫了几斗,带回家去。

在家里,他一片一片地用叶子遮住眼睛,问妻子:"你能看得见我吗?"

"看得见。"妻子回答。

"你能看得见吗?"他又举起一片树叶说。

"看得见。"妻子回答。

他再问,妻子厌烦了,随口骗他道:"看不见啦!"

这人一听可乐坏了,拿

着树叶就到集市上去了。他用树叶遮住眼睛，当着人家的面，伸手拿了人家的东西，扭头就走。

结果，小吏当场把他抓住，绑起他送到了县衙。县官受理了这个案子。

这人把自己偷东西的经过讲述了一遍。县官听了哈哈大笑，没有治他的罪，而是把他放走了。

后羿射箭

苻朗 《苻子》

夏王命人准备了一块大小有一平方尺的兽皮箭靶,箭靶上面的靶心直径只有一寸,然后对后羿说:"你来射这个靶心,射中了,就赏给你万金;射不中,就削减掉你一千邑的封地。"

后羿听了,面色慌里慌张,一点儿也不镇静;胸脯一起一伏,呼吸十分急迫。在这种情形下,后羿拉弓搭箭射靶。第一箭没有射中,第二箭还是没有射中。

夏王问保傅弥仁道:"这个后羿呀,原来射箭百发百中,可是这次给他定了赏罚的条件,他就射不中了,这是为什么呢?"

保傅弥仁回答说:"这个后羿呀,在他刚才射箭的时候,欢喜和恐惧的心理负担害了他,万金的赏赐反而成为他的祸患了。如果一个人能够丢掉欢喜和恐惧的心理负担,把厚赏重罚丢在脑后,那么,天下的人都能成为像后羿一样的神射手了。"

与狐谋皮

符朗 《符子》

周朝有一个人,爱穿贵重的皮衣,爱吃美味佳肴。他想制作一件价值千金的皮衣,就去和狐狸商量,想让狐狸把它的皮献出来;又想置办一桌有羊肉的祭品,便去找羊商量要用它的肉。他的话还没有说完,狐狸们争相一只接一只地逃往连绵起伏的山丘里去了,那些羊也呼朋引伴地躲藏到密林里去了。

因此,这个周朝人十年也没有做成一件皮衣,五年也没有得到一只祭羊。

黑豆与蝌蚪

《启颜录》

隋朝的时候,有一个人拉了满满的一车黑豆,到很远的京城去卖。

不料走到灞头时,车子翻了,一车黑豆都倒进了水里。这人没有立即下水去捞豆子,却丢下车子和黑豆回家了,准备招呼家人下水去捞豆子。

这人走后,灞头的人争着下水去捞豆子,一会儿就把豆子捞干净了。等这人回到翻车的地方,只看到水里有上千只蝌蚪在游来游去。这人认为这就是他丢的黑豆,准备下水去捞。他的脚刚一挨近水面,蝌蚪一下子都惊慌地四散逃走了。这人很奇怪,长吁短叹了半天,说:"黑豆呀,即使你不认识我,转身离开了,你以为我就认不出你了吗?尽管你忽然长出了尾巴,可你还是我的黑豆!"

乌贼求全

柳宗元《柳河东集》

海里有一种生物，名字叫作乌贼，它能够吐出浓黑的汁液，使自己周围的海水变得一片漆黑。

一次，一只乌贼在海边嬉戏，由于害怕别的动物看见自己，就吐出墨汁来染黑海水，自己躲藏起来。一只海鸟在海岸边飞舞着，它原本是发现不了乌贼的，可是当它发现一小片海水变成了黑色的，就起了疑心，飞下来细看，发现黑水下面有一只乌贼，于是就冲下去把乌贼抓住了。

唉！乌贼只是知道隐蔽起来能够保全自己，却不知道消灭痕迹从而杜绝海鸟的怀疑，结果暴露了自己，被海鸟捉住了，真是太可怜了！

临江之麋

柳宗元 《柳河东集》

　　临江这个地方有一个人，打猎时捉到了一只小鹿，就把它饲养起来。猎人刚把小鹿带进家里的时候，一群狗看着小鹿，都垂涎欲滴，摇着尾巴跑了过来。猎人很生气，把狗呵斥跑了。从这以后，猎人天天把小鹿抱到群狗面前，经常让狗看看，叫狗不要咬小鹿，渐渐地，猎人又让群狗和小鹿一块儿嬉戏。

　　天长日久，狗都能顺从主人的心意。小鹿长得大一点儿的时候，忘记自己是一只鹿了，反而认为狗是自己的好朋友，就放心大胆地和狗一起尽情玩耍，上下翻滚、游戏打闹，越来越亲近。狗害怕主人，不得不和小鹿玩得不亦乐乎，然而，它们时不时地舔舔自己的嘴边，心里还是想小鹿的肉会是何等的鲜美。

　　三年过去了。一天，小鹿走出了猎人的家门，看见大路上有很多别人家的狗，就跑过去与它们嬉戏。那些狗看见小鹿向自己走来，十分高兴，可是看到小鹿想用角往自己身上蹭，又都十分愤怒，一起扑上前去，把小鹿咬死撕扯着吃了，路上弄得一片狼藉。可怜的是，小鹿到死也不知道自己为什么会被狗咬死。

做贼心虚

沈括 《梦溪笔谈》

陈述古是枢密院直学士。他出任建州浦城知县时,有人丢失了东西,抓到了一些嫌疑人。为了诈出真正的犯人,陈述古骗他们说:"某个庙里有一口钟,能够分辨真正的强盗,十分灵验。"

陈述古说完,派人把那口钟抬来,放在后院,然后带领那些嫌疑人站在大钟前面,宣布说:"没有偷东西的,摸钟不会发出声响;偷了东西的,摸钟,钟就会发出声响。"

陈述古亲自率领县衙同事,在钟前祷告祭祀,神情十分严肃。祭祀完毕,他命人用帷帐把钟围了起来,暗中派人把墨汁涂抹在钟上。

过了很大一会儿,陈述古派人领着嫌疑人进入帷帐里去摸钟。从帷帐里出来,查验他们的手,除了一个人,其他人手上都有墨迹。于是,陈述古就升堂审讯这个人,这人供认了自己的偷盗行为。

原来是这人做贼心虚,怕钟发出声音,才没敢去摸。

威无所施

苏轼 《苏东坡集》

古时候，四川的忠县、万县、云阳县有很多老虎出没。

一天，一个妇人把两个小孩子放在河滩上玩耍，自己在河边洗衣服。

一只花斑老虎突然从山上跑下来，妇人仓皇跳进水里，躲避老虎。可是两个小孩子依旧在河滩上玩耍，一点儿也不害怕。老虎很奇怪，就跑到两个小孩子面前，盯住他们看了很久，甚至走上前来，用头顶撞一下他们，希望小孩子能够害怕它。两个小孩竟然一点儿也不感到奇怪，还用手摸了摸虎头，揪了揪老虎的耳朵。老虎眉开眼笑，最后走开了。

老虎吃人，必先对人施加威风，可是面对不惧怕它的人，威风也就无法施展了。

日 喻

苏轼《苏东坡集》

　　有一个人天生是个盲人，从来没有看见过太阳，于是，他向眼睛好的人请教太阳是什么样子的。

　　有人告诉他说："太阳的形状像个铜盘子。"

　　这个盲人摸到一个铜盘子，敲了敲，铜盘发出了声音。后来，他听到钟声，就以为是太阳了。

　　又有人告诉他说："太阳的光像蜡烛。"于是，他摸了摸蜡烛，记住了蜡烛的形状。后来，他摸到了一个短笛，以为这就是太阳。

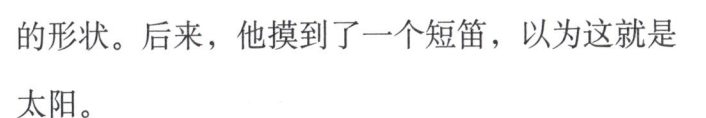

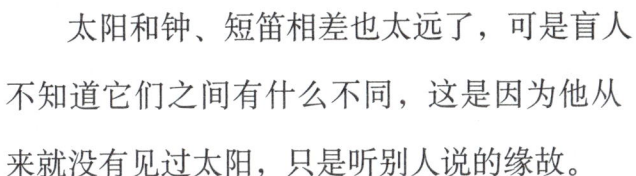

　　太阳和钟、短笛相差也太远了，可是盲人不知道它们之间有什么不同，这是因为他从来就没有见过太阳，只是听别人说的缘故。

鬼怕恶人

《艾子杂说》

艾子沿着一条积满水的道路行走,看见了一座庙宇。小庙虽然矮小,但是装饰得庄严整齐。庙前有一条小沟,有人走到沟边,被水挡住了去路。回头走到庙中,就搬来大王的神像,横在沟上,踩着神像走过去了。

又有一个人来到了水沟边,见到神像被当成了小桥,再三叹息说:"哪能这样侮辱冒犯神像呀!"说完,他就扶起了神像,用衣服把神像身上的泥土擦干净,捧起神像走到庙里,放在神位上,然后,再三跪拜后,离去了。

过了一小会儿,艾子听见庙里的小鬼议论说:"大王在这里也是一方神圣,享受着乡里人的祭祀,不料反而被那个愚蠢的百姓侮辱了,为什么不施加灾祸惩罚他呢?"

大王却说:"应该把灾祸降给那个后来的人。"

小鬼又说:"前面那个人用脚践踏大王,再没有比这种侮辱更厉害的了,可是您却不降祸给他;后来的那个人对大王毕恭毕敬,大王反而要降祸于他,这是为什么呢?"

大王解释说:"前面那个人早已经不信鬼神了,我怎么降祸给他呢?"

艾子评说道:"真是鬼怕恶人呀!"

买凫猎兔

《艾子杂说》

"天怨悠！"

从前，有一个人要去打猎，想买一只鹘（hú）鸟，可是由于不认识鹘鸟，他从集市上买来的鹘鸟原来是一只鸭子。他就带着这只鸭子去打猎了。

原野上，一只兔子蹿出草丛，他把野鸭子扔向兔子，让它去追兔子。可是，野鸭子哪里会飞呀，只见它一头栽到地上，扑棱扑棱翅膀，怎么也飞不起来。这人又提起野鸭子往上一扔，野鸭子又栽倒在地上。这样重复了三四次。

野鸭子突然蹒跚着走向这人，发出了人的声音："我只是只鸭子呀，让人杀了吃肉，是我的本分，为什么把我抛来抛去，让我吃尽苦头呢？"

听到鸭子的话，这人大吃一惊，说："我原来以为你是鹘鸟，可以为我抓兔子，没想到你是只鸭子啊！"

野鸭子举起脚蹼给这人看，笑着对他说："你看我这手脚，哪能抓得住兔子呢？"

（注："凫"读"fú"。）

州官放火

陆游《老学庵笔记》

田登做了郡守,忌讳别人叫他的名字,一旦别人触犯了他的禁忌,他就勃然大怒,很多吏卒因此被他毒打。于是,为了避讳,整个州的人都把"灯"叫作"火"。

正月十五元宵节放花灯,官府特地允许老百姓进州城观看,并写了榜文张贴在街头,上面写道:"本州按照惯例放火三天。"

更渡一遭

岳珂《桯史》

从前，有一个人捉到了一只鳖，打算把它蒸着吃了，可是又不愿意承担杀生的罪名，就用大火把锅里的水烧得滚开滚开的，在锅上面横着放了一根细小的竹子当作桥梁，与鳖商量说："你能爬过这根竹子，你就能活命了。"

鳖知道这个人是在利用计策，想把自己蒸了吃，于是，就尽力小心翼翼地往前爬，耗尽了全身的力气，终于勉强爬了过去。

这个人讪笑着说："嗬，你还真能够渡过这个独木桥啊，太好了！你再给我渡一次吧，我想再仔细看看。"

（注："桯"读"tīng"。）

得过且过

陶宗仪《南村辍耕录》

据说五台山上有一种动物，叫寒号鸟。

每到炎热的夏天，寒号鸟浑身长满五颜六色的羽毛，漂亮极了。它每天所做的就是一遍接一遍地唱："呵呵呵呵呵，凤凰不如我！凤凰不如我！"鸟儿们都在搭窝，它却忙着唱个不停。

秋天来了，天气开始变凉，它还在唱歌炫耀自己的美丽羽毛。鸟儿们都在抓紧时间做窝。有的鸟劝它说："冬天快来了，你赶紧做个窝吧，要不，下了大雪，你会被冻死的！"

寒号鸟总是说："没关系，不着急，明天吧。"它今天说"明天吧"，后天还说"明天吧"。很快，冬天来了，它还是没有搭窝。它漂亮的羽毛也慢慢脱落了，浑身光秃秃的。寒风袭来的时候，它被冻得哆哆嗦嗦的，歌也唱不清楚了，把"凤凰不如我"唱成了"得过且过"。

一天夜里，寒风凛冽，大雪纷飞。第二天，寒号鸟就被冻死了。

越人溺鼠

宋濂《燕书》

老鼠喜欢夜里偷谷子吃。有个越人便把谷子放在一口瓮里,任凭老鼠来吃,不加理睬。老鼠就招呼同伴们跳进瓮里,吃得饱饱的才从里面跳出来。

越人便把瓮里的谷子拿走,灌上水,在水上面撒上谷糠,使糠皮均匀地覆盖在水面上。可是老鼠不知道这些,到了夜里,照样呼朋引伴,纷纷依次跳进瓮里,结果全都淹死了。

乌鸦与蜀鸡

宋濂《燕书》

在豚泽这个地方，有人喂养了一只蜀鸡，蜀鸡身上的羽毛长满漂亮的花纹，脖子上的羽毛是红色的，一群小鸡围着蜀鸡叽叽喳喳叫着。忽然，一只鹞（yào）鹰从上空掠过，蜀鸡急忙用翅膀遮住小鸡们，鹞鹰捉不到小鸡，只得展翅飞走了。

不久，有一只乌鸦飞来，与小鸡一起啄食吃。蜀鸡把乌鸦看成兄弟，乌鸦和蜀鸡在一起飞上飞下的，很驯良。趁蜀鸡不防备，乌鸦突然衔起一只小鸡飞走了。蜀鸡仰望着飞去的乌鸦，十分难受，好像在后悔上了乌鸦的当。

借梯子救火

宋濂《燕书》

赵国人成阳堪家的房子失了火，家人急着灭火，可是家里没有梯子上房，成阳堪就让自己的儿子朒（nù）去奔水氏家里借梯子。

朒穿戴得整整齐齐，从从容容地迈着方步到了奔水氏家里。见了奔水氏，他作了三个揖，然后走进堂屋里，默默地坐在堂屋里靠西的柱子旁边。奔水氏让侍从设宴招待，摆上干肉、鱼酱、美酒。朒端起酒杯，站起来喝下，而后回敬主人。喝完了酒，奔水氏说："您屈尊来到寒舍，肯定有什么事吧，请问是什么事呀？"

朒这才开口说："天降大祸于我家，家里起了大火，此刻正熊熊燃烧，我们想爬上屋顶用水扑灭，可我家没有梯子，我听说您家有梯子，能不能借给我们用一用呀？"

奔水氏听了，急得直跺脚说："哎呀呀，你真是迂腐啊，在山中吃饭，遇到老虎，必定吐掉嘴里的食物，赶紧逃命；在河里洗脚遇见鳄鱼，一定丢下鞋子逃生。房子失火，火势熊熊，你还在这里作揖礼让干什么？"说完，奔水氏急忙扛上梯子跟他跑去救火，到了成阳堪家一看，房子已经烧成一片废墟了。

东海王鲔

宋濂《燕书》

东海有一条大鱼，名叫王鲔（wěi），没有人知道它有多大，只见水面上红色的火焰一排排连绵不断，红色和赭（zhě）色相间，这是它背鳍上的刚毛。王鲔在大海中出没，掀起巨浪，喷吐出一片片泡沫，卷起的腥风像灰蒙蒙的云雾，充塞天地之间。一旦碰见鱼类，如泥鳅、鲣鱼和鲂鱼等，王鲔都要吞进肚子里，一天就是吃一万条，也吃不饱。王鲔出游到深水大洋中，即使大洋里行驶着上万条船只，可是王鲔一喷水，这些船就顿时沉没不见了。王鲔在大海里神气地横冲直撞，没有谁敢来冒犯它。

一天，涨潮的时候，王鲔兴冲冲地蹿进了罗刹江，可是退潮的时候，却搁浅了。江边的人还奇怪岸边怎么多了一座山。人们往上爬时，脚下一颤一颤的，非常害怕。有人砍开了王鲔的鳞一看，里面露出了鱼肉。于是，人们奔走相告，纷纷过来搭上架子，用刀把鱼肉一块块割下来，装满了好几百艘大船。乌鸦和鹞鹰遮天蔽日地飞来，落满了王鲔的尸体，争着啄食它的肉，饱饱地吃了一顿。

王鲔在大海里的时候，可谓如日中天，不可一世。一旦失势，想要做个小鱼也做不成了。

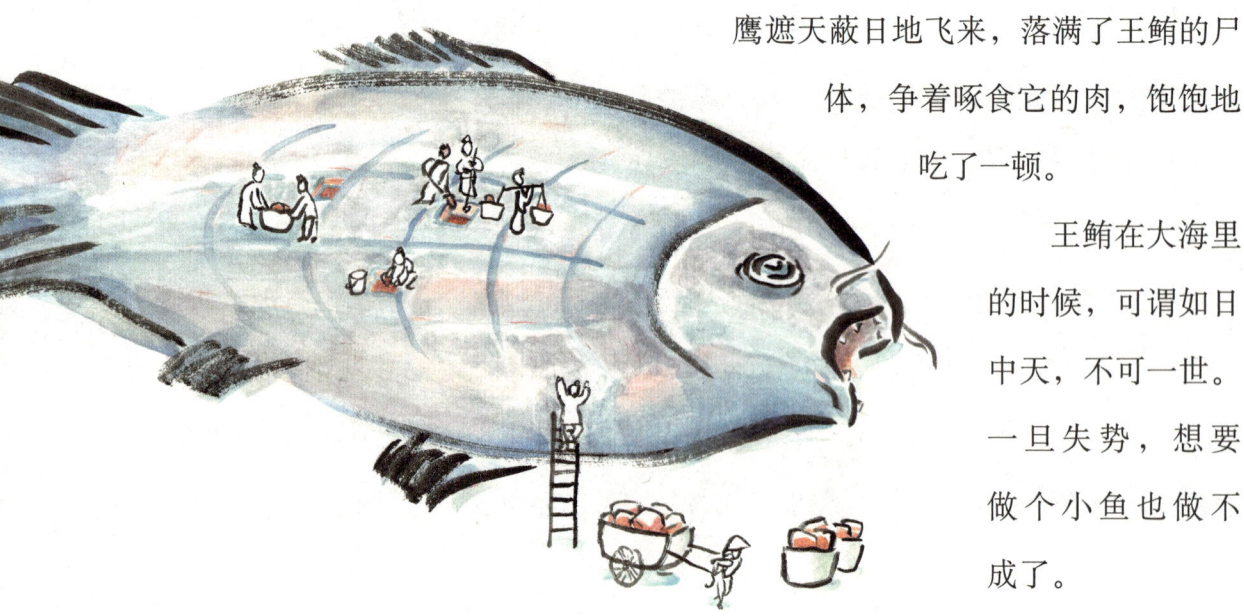

雁 奴

宋濂《燕书》

雁奴是大雁里面体形最小的，但生性机警。每当雁群夜里睡觉的时候，只有雁奴不睡，为雁群担任警戒。有时稍稍听到一点儿动静，雁奴就大声鸣叫，群雁纷纷相互叫醒，迅速展翅飞走了。

后来，乡里人利用雁奴的这一习性，想出了一个计谋来捕捉大雁：人们先到湖边雁群常栖息的地方，暗暗布下大的罗网，在网的旁边挖一些洞。太阳还没有落下，人们就拿着捆雁的绳子藏在洞里，等到天快亮的时候，就在洞外点起一堆火，这时雁奴大叫起来，人们急忙把火扑灭。群雁惊醒后，并没有看见什么东西，就又睡下了。

于是，这样生火、扑灭反复三次，雁奴惊叫三次，群雁惊醒三次，可是雁群什么危险也没有察觉，就认为雁奴在欺骗它们，于是都过来啄它，然后就又睡下了。

之后不久，人们又点起了火。雁奴害怕众雁啄它，就不敢再叫。

乡人没有听到雁奴叫，就走出洞外，把大网合拢，这样一来，十只雁总能捉到五只。

束氏爱猫

宋濂《龙门子凝道记》

卫国有一个姓束的，对世上别的事物都不喜好，只喜欢养猫。猫是专门捕捉老鼠的动物。束氏养了百十只猫，不但家里的老鼠被抓尽了，邻居家的老鼠也被抓完了。这些猫没有老鼠可吃，饿得喵喵喵地连声叫，束氏就给它们吃肉。猫繁殖了一代又一代，由于一直吃肉，竟然不知道世上还有老鼠，只知道饿了就叫，一叫就会有肉吃。吃完了肉，这些猫满足地舔舔嘴，安静闲适地迈着步子在院子里踱步，快乐地相互嬉戏。

城南有个读书人，他家老鼠成灾，老鼠成群结队在他家蹿行，有的甚至掉进了水瓮里。他听说束氏家有很多猫，急忙从束氏家借了猫来捉老鼠。

老鼠耸着两只尖耳朵，一双小眼睛凸出来，漆黑漆黑的，一撮小胡子是红色的，嘴里吱吱地尖叫着，猫看到这些，还以为是什么怪东西，只是跟在老鼠后面走，不敢从高处跳下去。这个读书人生气了，一把把猫推了下去。猫吓得半死，对着老鼠大叫。过了一会儿，老鼠揣度出猫也没有什么特殊的本领，就去啃它的脚。猫疼得大叫一声，蹿出去逃跑了。

剜股藏珠

宋濂《龙门子凝道记》

海中有一座宝山，山上有许多奇珍异宝。海上有个人在宝山上得到了一颗直径一寸的宝珠，坐船返回来。船行驶了不到百十里，突然狂风大作，波涛汹涌，船在风浪中颠簸不止，有一条蛟龙在海中时隐时现，令人十分害怕。

船夫急忙告诉他说："蛟龙是想得到那颗珠子呀，快点儿把它扔进水里，否则会连累我们，大家都没命了。"

这个人想把珠子丢进海里，可是又舍不得，不丢弃又会有生命危险，忽然心生一计，连忙用刀把大腿上的肌肉割开，将珠子藏了进去，海浪随即平息了，蛟龙也无影无踪了。

这个人回到家里，取出珠子，只见大腿的肌肉已经溃烂。不久，这人就死去了。

（注："剜"读"wān"。）

晋人好利

宋濂《龙门子凝道记》

晋国有一个人十分贪婪。一天，他到了集市上，看见摊位上摆着琳琅满目的货物，伸手就拿，并自言自语地说："这块肉我可以炒菜吃，这匹布我可以做衣服穿，这个袋子可以用来装东西……"这人拿了一大堆东西，抱在怀里，扭头就跑。

管理市场的人问他："你为什么大白天抢别人的东西？"

这人说："我的贪欲强烈时，双眼热得发昏，好像四海之内的东西原本都是属于我的，我根本不知道是属于人家的。我拿谁的东西，谁就算是走运了，等我富贵了以后，一定会加倍偿还他们啊！"

看到这个人这么强词夺理，不知悔悟，管理市场的人用鞭子抽打他，夺回了那些东西。在贪心的驱使下，一个人就会像这个大白天随便拿别人东西的人一样，一旦利令智昏，就会做出许多匪夷所思的事情。

鹳鸟迁巢

刘基 《郁离子》

孔子的门徒子游做武城宰时，一些鹳（guàn）鸟在城门外的小山丘筑了巢。有一天，这些鹳鸟把它们的巢迁到一座坟墓前的墓碑上。看守坟墓的老人告诉子游说："鹳鸟能够预知天要下雨，今天它们突然迁巢，说明我们这里很快就要发大水了。"

子游说："你说得对。"于是，他立即下令，让武城的居民准备好船只，应对大水的到来。

过了几天，大水果然来了。这天，下起了倾盆大雨，城门外的小土丘淹没了，大雨还没有停歇。渐渐地，大水快要把墓碑淹没了。鹳鸟的巢岌岌可危，鹳鸟不停地飞来飞去，高声鸣叫着，不知道要把巢安放到哪里去。

子游看到这个情形，感慨地说："真可悲啊，这些鹳鸟虽然能够提前知道大雨将要来到，可是它们缺乏远见，考虑得还是不够长远哪！"

楚人养狙

刘基 《郁离子》

楚国有个以养猴子为生的人，人们称他为"狙（jū）公"。每天早晨，他都要在院子里给群猴分派活儿，让老猴子率领群猴到山中采摘果实，摘来后，他从中拿出十分之一留给自己享用。有的猴子交的果实不够数，他就用鞭子抽、用棍棒打。群猴都害怕他，可是，谁也不敢违抗主人的命令。

一天，有一只小猴子对众猴子说："山上的果树，是主人栽种的吗？"群猴回答："不是，是天生的呀。"小猴子又问："不通过他我们就不能摘吗？"群猴说："不是，谁都可以摘呀。"小猴接着问："那么，我们为什么还要依靠他，还要受他支使呢？"小猴的话音未落，群猴都恍然大悟。那天晚上，它们偷偷地察看着主人的动静，等主人睡下后，就砸破栅栏，捣毁笼子，拿走了狙公积存的果实，手拉手，一起跑进树林里，去过自由的生活了。狙公没有了吃的，不久便饿死了。

常羊学射

刘基 《郁离子》

常羊向射箭能手屠龙子朱学习射箭。

屠龙子朱说:"你想知道射箭的道理吗?从前,楚王在云梦泽打猎,让虞人(掌管山泽狩猎的官吏)把飞禽走兽驱赶出来让自己射击。轰赶之后,飞禽走兽纷纷出现了,一只鹿奔跑在楚王的左边,一只麋鹿蹿行在楚王的右边。楚王拉开弓正要射,忽然一只白天鹅掠过楚王头上的旗子,美丽的双翅优美地扑扇着,好像天空低垂着的云彩。楚王把箭搭在弓上,一时不知道该射什么好。这时,大夫养由基对楚王说,'臣射箭的时候,百步之外悬挂一片树叶,射十次能够中十次;如果在百步之外放上十片树叶,那么射中射不中我就没有把握了。'"

常羊听了,受到了很大的启发,连连点头。无论做任何事情,都必须专心致志,集中一个主要目标。三心二意、左顾右盼,是做不好的。

稀世之珍

刘基《郁离子》

工之侨得到了一段上好的梧桐木，砍削一下，做成了一张琴，安上弦一弹，发出像金玉一样和谐悦耳的声音。于是他将琴献给了朝廷的乐官。

宫中的乐工检验后说："不是古琴。"于是把琴还给了工之侨。

工之侨把琴带回家来，和漆工谋划了半天，在琴上做出了许多断纹；又和篆刻工商量，在上面刻了古字。然后，工之侨把琴装进匣子埋进土里。过了一年，工之侨把琴取出来，抱到市场上去卖。一位达官贵人看见这张琴，花百金买了下来，献给了朝廷。

宫里的乐官相互传看，异口同声地说："真是世上少有的珍宝啊！"

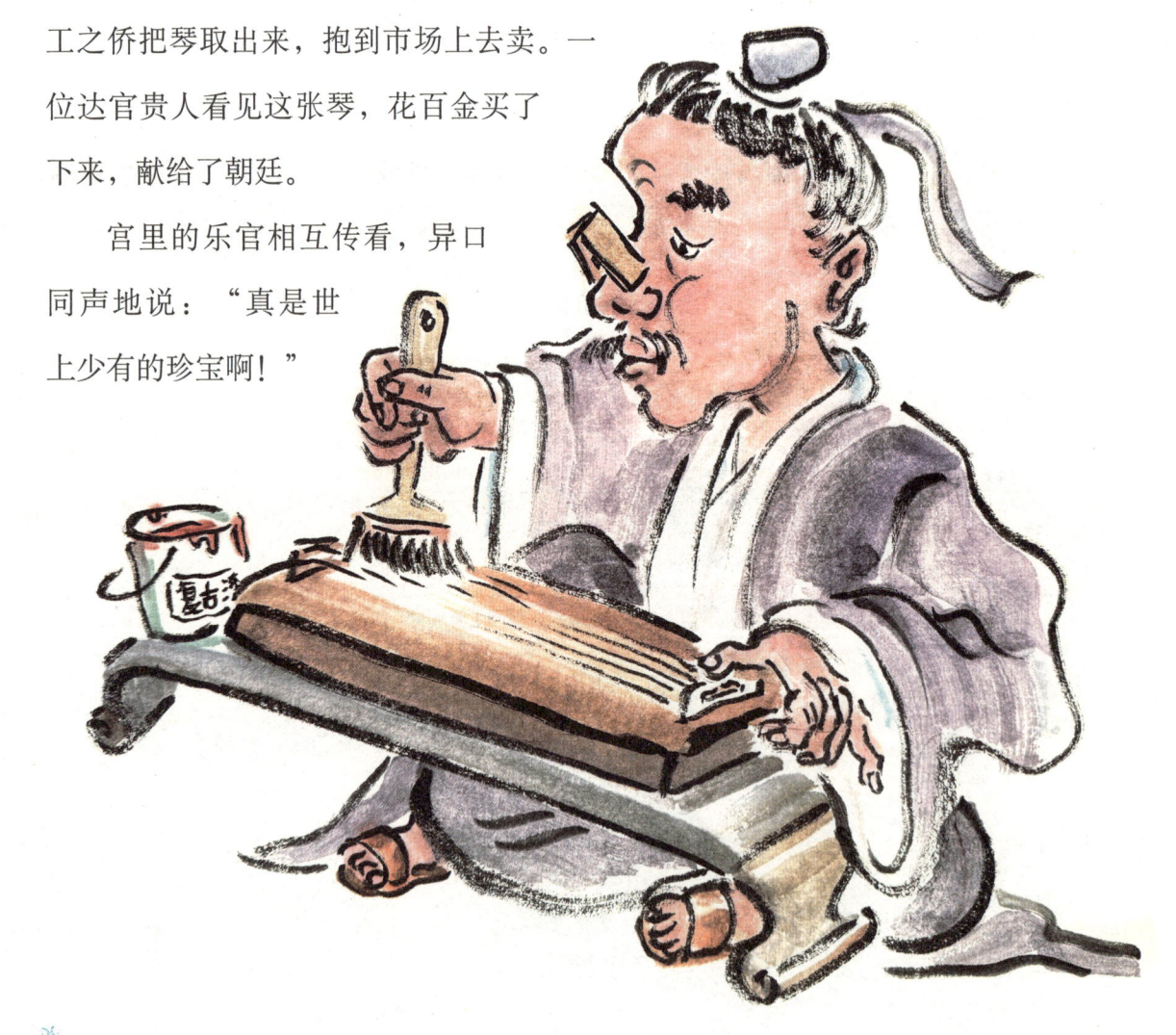

灵丘丈人

刘基《郁离子》

灵丘有一位老人擅长养蜜蜂，每年都能收获几百斛（hú）蜂蜜，所产的蜂蜡举世闻名。当时，他家的富裕程度可以和受到封邑的王公贵族相比。

后来，老人死去了，他的儿子继承了父亲养蜂的事业。可是，不到一个月，蜜蜂就有成群飞走的，儿子却一点儿也不在乎。一年下来，蜜蜂飞走了近一半，又过了一年多，蜜蜂全部飞走了。于是，这人的家境就逐渐贫穷下来。

陶朱公范蠡（lí）到齐国去，路过灵丘这个破败的养蜂大家门前时，问道："为什么这家原先生意兴隆，现在却这样萧条呢？"

邻居家的一位老大爷回答说："因为养蜂的缘故呀！"

陶朱公询问其中的缘由。

老大爷说："从前，老人养蜂的时候，园子里建有茅庐，有专人在茅庐里守护。剖开粗木头作为蜂房，这样的蜂房既没有缝隙，也不会腐朽。老人放置蜂房的时候，疏密有间，新旧有序，坐落也有方向，蜂房窗口的朝向也有讲究。老人把五个蜂房编成一组，五组蜂房编成一伍，派专人管理它们，负责观察蜜蜂的休养生息，随时调节蜂房的冷暖，不断加固蜂房的屋架结构，按照一定时间开关蜂房的窗口。一个蜂房里的蜜蜂如果繁殖多了，就顺从它们的习性进行分群；如果少了，就增加一些，使它们聚集成群，不让一个蜂房里出现两个蜂王。经常清除蜘蛛和蚂蚁，赶走土蜂和蝇虎。在恶劣的天气下看护好蜂房，夏天不让烈日暴晒，冬天防止凝结成冰，狂风吹来时不让它动摇，大雨浇灌也不会被浸泡。取蜂蜜时，只取多余的，绝不竭尽蜜蜂的劳力。于是，旧有的蜜蜂能够安居，新的蜜蜂得到养息，老人足不出户就可获得好处。如今他的儿子可不是这样。园子里的茅庐坏了也不修补，四处是污秽的脏物也不清理，蜂房里干燥潮湿也不加以调节，开闭蜂房也没有一定的时间。蜂房摇摇晃晃，蜜蜂飞进飞出都受到阻碍，蜜蜂就不会愿意住在这样的环境里。久而久之，毛毛虫和蜜蜂住在一起他也不知道，蝼蛄和蚂蚁钻进了蜂房他也不制止。鹪鹩（jiāo liáo）和寒鸦白天来啄食蜜蜂，狐狸晚上来偷吃蜂蜜，他一点儿也不知道。他养蜂只是一个劲儿掏取蜂蜜而已。这样一来，怎么会不造成萧条寂寞的现状呢？"

陶朱公听了，对他的弟子们说："唉！你们几个要记住，那些治理国家、管理百姓的人，可以以此作为借鉴啊！"

东郭先生

马中锡《东田集》

赵简子在中山进行大规模的围猎，负责狩猎的虞人在前面引路，大批的鹰犬在后面紧随，被箭射中的飞禽走兽不计其数。忽然，一只狼横在道中，像人一样站了起来，凄厉地嗥叫。赵简子登上了车，拉弓搭箭，瞄准狼射去，一下子射中了，狼疼得嗷嗷大叫着逃跑了。赵简子赶着车去追狼，狼没命地逃。

这时，墨家弟子东郭先生正在赶往中山谋求官职。他赶着一头瘦小的驴子，驮着一口袋书籍，慢悠悠地走着。只见前面尘土飞扬，车马的嘈杂声传来，吓得他浑身发抖。突然，一只狼蹿到他跟前，抬头用乞求的眼神望着他，可怜兮兮地说："先生救命啊！我被赵简子追赶，走投无路，到了十分危难的关头，您救了我，来日我一定报答您的大恩大德。"

东郭先生说："好啊，我身为墨家弟子，想办法救活你是我义不容辞的责任呀！"说完，东郭先生从口袋里掏出书来，腾空口袋，慢慢将狼往里装。他小心翼翼，往前装，生怕碰伤了狼的嘴巴，往后装，又怕压着了狼的尾巴。他装了三次都没有装好，正在徘徊不知所措的时候，只见追赶狼的人逐渐逼近了。狼此时心生一计，蜷缩起四肢，让东郭先生用绳子捆住自己。只见狼头挨着狼尾，曲起脊背，藏起嘴巴，像刺猬那样缩成了一团，像蛇一样盘起身子，像乌龟那样缩起脑袋，恭恭敬敬地听从东郭先生的摆布。东郭先生顺从狼的指引，把狼装进口袋，扎上袋口，把口袋扛在肩上，走到驴跟前，放在了驴背上，然后躲在大路一旁，等候赵简子的大队人马经过。

不一会儿，赵简子到了。赵简子问东郭先生见到狼没有，东郭先生摇了摇头。没有了狼的踪迹，赵简子十分愤怒，他拔出宝剑，当着东郭先生的面，一剑削掉了车辕的一端，呵斥道："胆敢隐瞒狼的去向的，就和这车辕一样。"东郭先生听了，吓得一下子趴在地上，匍匐到赵简子跟前，跪着说："狼的本性既贪婪又凶狠，它和豺勾结，为非作歹，如今您要除掉它，我本应该尽绵薄之力为您效劳，又哪能向您隐瞒实情呢？"赵简子听了，掉转车头回去了。东郭先生也赶着毛驴快步向前赶路。

过了很久，狼揣度赵简子已经走远了，在布袋中说："先生，现在安全了，把我放出来吧。"东郭先生把狼从袋子里放了出来，解开绳子。狼抖了抖身上的毛，眼冒凶光，咆哮着对东郭先生说："刚才被赵简子追逐，他们来势凶猛，幸亏先生救了我的命。可是现在我饿坏了，饿了找不到食物吃，最终还是活不了命。先生是墨家弟子，一心想着为天下谋利益，又哪会吝惜自己的身体呢，肯定愿意让我吃掉，来挽救我这个微不足道的生命吧？"说完，狼张牙舞爪地扑向东郭先生，东郭先生吓得脸色蜡黄，慌手慌脚地徒手和狼搏斗，一边搏斗一边后退，躲在了毛驴后边，和狼周旋着。

狼始终没有伤害到东郭先生。东郭先生竭尽全力躲避狼的进攻。渐渐地，彼此都疲倦了。狼身上有箭伤，加上刚才被赵简子追赶，早已筋疲力尽；东郭先生本来是个手无缚鸡之力的书生，腿酸胳膊疼，也累坏了。狼和人隔着驴子喘息着。东郭先生指着狼说："你这只忘恩负义的狼！"狼也振振有词地说："我本来也不想辜负你，天生你们这些人，就是供我们狼吃的嘛！"

狼和东郭先生相持很久，太阳渐渐西下了。只见一位老人拄着拐杖从远处走来了。老人鹤发童颜，衣冠不俗，看来是一位得道的高人。东郭先生看见了老人，既惊又喜，急忙抛开狼，走向前去，给老人行了礼，跪在地上，泣不成声地说："请求老先生为我说句话，不然我就活不了了！"老人问是什么缘故。东郭先生说："这只狼被赵简子穷追不舍，我好心好意救了它一命，可是现在它反而要吃掉我，我极力请求它发发慈悲，它都不答应。求您说句话，救我的性命吧！"老人听了，感叹了半天，用拐杖敲着狼说："你错了。别人对你有恩情，你却背叛了他，这是最不道德的啊！即使老虎和狼也懂得父子之情。现在你这样忘恩负义，就连父子的恩情也荡然无存了！"

狼听了，对老人辩解说："起初，先生救我时，捆住了我的腿，把我装进袋子里，上面压了很多书，弄得我弯起身子，连大气也不敢出；而他不顾我的死活，和赵简子啰里啰唆闲聊一些无关紧要的话，他是想把我憋死在口袋里，他自己私下里想得到一些好处。像这样的人，还不该把他吃掉吗？"

东郭先生见狼这样强词夺理，愤愤不平，详细叙述了往袋子里装狼的时候，生怕狼受委屈，自己怎样怜惜狼。狼也巧言善辩，陈述东郭先生如何虐待自己，想取信于老人，以求获得胜利。老人说："你们说的都不足以让我相信。我看这样吧，你试着把狼再装进去一次，让我瞧瞧狼在袋子里的样子果真像它说的那样难受吗？"狼很高兴地答应了，趴在地上，把脚伸向东郭先生。东郭先生又把狼捆起来，放进袋子里，扛在肩上，然后放在了驴背上。

　　老人靠近东郭先生，附在他耳边说："你有匕首吗？"东郭先生说："有。"说完，便把匕首拿了出来。老人示意东郭先生用匕首把狼杀死。东郭先生疑惑地问："这样不是害了狼吗？"老人笑着说："狼这样忘恩负义，你还不忍心杀死它呀！你虽然仁义，可是也太愚蠢了。跳进井里去救人，脱下衣服去温暖冻僵的人，为别人着想固然是好，可是这样一来，救人的人不也活不了了吗？先生就是这类人呀！"说完，放声大笑。东郭先生也笑了。

　　于是，老人帮助东郭先生用匕首杀死了狼，把狼的尸体扔在路上离开了。

真真假假

耿定向 《权子》

　　有户人家有一个养鱼池，经常有一群群的鸬鹚（lú cí）飞来啄鱼吃，这家主人很是苦恼，于是，就捆扎了一个草人，给它披上蓑衣，戴上斗笠，在它手里放上一根钓竿，然后，把它安放在鱼池边，用来吓唬鸬鹚。

　　那群鸬鹚刚看到草人的时候，在鱼池上空来回盘旋，不敢落下来。鸬鹚仔细观看了半天，就大胆地飞下来啄食起鱼来。时间一长，它们时不时地飞到草人戴的斗笠上，安静地待在上面，一点儿也不惊慌。

　　鱼池主人看见这种情况，就偷偷拿走草人，自己披上蓑衣，戴上斗笠，立在池子里。鸬鹚仍然飞下来啄食池里的鱼，还像原来一样飞到"草人"身上。不过，这次"草人"会活动了。只见那人一伸手，就抓住了鸬鹚的脚，鸬鹚怎么挣扎也挣脱不掉，焦急地发出"假假"的声音。那人说："先前草人是假的，现在还是假的吗？"

兄弟争雁

刘元卿 《贤弈编》

从前,有个人看到大雁在天空中飞翔,准备拉开弓射下来,说:"射下来就把它煮着吃。"

他的弟弟在一旁争辩说:"天鹅才适合煮着吃,大雁还是烤着吃有滋味。"

两个人争论不休,各不相让,就找社伯去评理。社伯给他们折中了一下,让他们把大雁剖成两半,一半煮着吃,一半烤着吃。兄弟两人觉得这个主意好,就同意了。可是他们再去寻找那只大雁时,大雁早飞得无影无踪了。

喜欢奉承

刘元卿 《贤弈编》

从前,广东、广西一带有一个县令,非常喜欢别人奉承自己,每当他发布一条政令,下属就会交口称赞,极力奉承他,他听了十分高兴,心里别提有多舒服了。

一个差役深知县令的这一爱好,就想奉承他一下,拍拍马屁,于是故意当着县官的面和身旁的另外一个人私语:"凡是做官的人,都喜欢别人奉承,只有我们的县令不这样,从不把别人对自己的赞扬当回事。"

县令听到了,急忙把这个差役招到眼前,高兴得手舞足蹈、眉飞色舞,对差役赞赏不已,连连夸奖说:"哇,最了解我的,只有你这个好差役啊!"

从此,县令对这个差役越来越亲近了。

万 字

刘元卿 《贤弈编》

汝州有一家农户，家境很好，可是几代人都不识字。有一年，家里请了一位楚地的先生来教他的儿子。先生先教他儿子握笔临帖，写了一画，就教他说："这是'一'字。"写了两画，教他说："这是'二'字。"写了三画，教他说："这是'三'字。"

先生话音未落，那个孩子就高高兴兴地扔下了笔，跑去告诉父亲说："我学会了，我学会了，不用再麻烦先生，浪费学费了，快点儿把他辞退吧！"

看到儿子这么快就学会了，父亲十分高兴，就拿出钱来辞退了先生。

过了不久，父亲打算邀请一位姓万的亲友到家里来喝酒，让儿子早早起来写请柬。可是，过了很长时间，儿子还没有写完，父亲等得不耐烦了，便去催促他。

儿子生气地说："天下的姓多着呢，为什么偏偏姓万？害得我从早晨起来到现在，才写了五百画。"

胸中有一点儿笔墨的读书人偶然开窍，就沾沾自喜地认为自己学成了，大概就类似这个写"万"字的人吧。

八哥学舌

庄元臣 《叔苴子》

八哥产在南方，南方人张开网把它逮住，训练它说话。经过长期调教，八哥就能模仿人说话了，可是只能模仿几句。八哥每天唱来唱去的，只不过就在重复这几句而已。

蝉在院子的树上鸣叫，八哥听见了，便嘲笑它。

蝉对八哥说："你能学说人话，很好。可是你所说的那几句，都不是自己的话，实际上等于没说。哪里比得上我能自由自在地叫出自己内心的本意呢！"

八哥听了，羞愧地低下头去，从此，一辈子再也不跟人学舌了。

酷信风水

浮白斋主人 《笑林》

有个人特别迷信看风水,动不动就要去风水先生那里请教。

一天,这人在一堵墙下坐着,忽然墙倒塌了,把他压在下面,他急呼:"救命啊,快来救命啊!"

家里人对他说:"你先忍着,等我去问问风水先生,让他看看今天能不能动土,而后再来救你!"

猫祝鼠寿

浮白斋主人 《雅谑》

一只老鼠躲避到一只瓶子里,猫扒住瓶子口想钻进去,可是瓶口小,怎么也进不去,急得团团转。忽然,猫心生一计,便用长长的胡须撩拨老鼠,老鼠因而打起喷嚏来。

然后,猫在外面声音柔美地喊道:"祝您活千岁!我给您准备好了寿宴,请您出来赴宴吧。"

老鼠不客气地说:"你哪里是在为我祝寿,不过是想把我引诱出来,吃掉我罢了。"

外科医生

江盈科 《雪涛小说》

有一个医生，自称擅长治疗外科疾病。

一天，一位副将从战场上回来，中了一支飞箭，箭头射进了皮肉里，请这个医生医治。医生抄起一把并州产的锋利剪刀，剪去了露在外面的箭杆，然后跪下来请求酬谢。

这个副将奇怪地问："现在还不是给你酬金的时候，箭头还在肉里，你必须赶快给我治疗。"

医生说："这是内科的事情，没想到你却来责怪我！"

一只鸡蛋

江盈科 《雪涛小说》

有一个城里人很贫穷，常常吃了上顿没有下顿。

一天，他碰巧拾到了一只鸡蛋，高高兴兴地对妻子说："我有家当了！"

妻子奇怪地问："在哪里呢？我怎么没有看见？"

他拿起那只鸡蛋让妻子看，说："这就是。不过要用十年时间，才能置办齐家当。"

于是，这人就和妻子计算说："我拿着这只鸡蛋，借邻居的母鸡将它孵化，等小鸡长大了，孵出小鸡，再从中挑选出一只母鸡放到我们家里，母鸡就能给我们生蛋，一个月可以得到十五只鸡蛋。两年之内，鸡蛋又孵出小鸡，可以获得三百只鸡，就能卖十两金子了。用十两金子可以买五头母牛，母牛又生小牛，三年下来，可以得到二十五头牛。母牛所生的母牛，又再生母牛，再用三年就可以得到一百五十头牛，能卖三百两金子了。我用这些金子放三年高利贷，就能得到五百两金子。然后，拿这五百两金子的三分之二买田地、买房子，三分之一买童仆、买小妾，我和你悠闲自得地度过余生，不是很快乐吗？"

妻子听见他说要买小妾，勃然大怒，一巴掌把鸡蛋打碎了，说："不能留下这个祸种！"

王婆酿酒

江盈科《雪涛小说》

在河洑(fú)山脚下，有一座王婆庙，庙里供奉的王婆不知道是哪一朝代的人。乡里老人们一代代相传，说王婆以酿酒为业。有一位道士经常寄住在她家里。道士每次要酒喝，王婆都给他喝，算起来道士喝了有几百壶了，王婆从来没有向道士要过钱。

一天，道士对王婆说："我喝了你那么多酒，没有钱付给你，我就给你挖一口井吧。"很快，井挖成了，泉水涌了出来。王婆尝了一口，嗬，竟然是醇美的酒。道士说："这就是我给你的报酬。"说完，道士就走了。王婆就不用再酿酒了，只是从井里舀酒来卖，酒的味道比先前更加醇厚，前来买酒的人络绎不绝。

三年过去了，王婆卖酒挣了几万，变得十分富有。这天，那个道士忽然出现在王婆家里，王婆向他表示深深的谢意。道士问："酒好喝吗？"王婆回答说："酒倒是很好，只是家里养的猪没有酒糟吃了。"道士笑了笑，在王婆家的墙壁上题了一首诗："天高不算高，人心第一高。井水做酒卖，还道猪无糟。"写完，道士就走了。从此，这口井就不再出酒了。

不禽不兽

冯梦龙《笑府》

凤凰做寿，百鸟都来祝贺，只有蝙蝠没有来。凤凰过后责怪蝙蝠说："我是百鸟之王，你的位置在我下面，为什么这么傲慢呢？"

蝙蝠说："我有脚，属于野兽，用不着祝贺你！"

一天，麒麟过生日，百兽都来祝贺，可是蝙蝠却没有来。麒麟也责怪蝙蝠没把它放在眼里。

蝙蝠说："我有翅膀，属于飞禽，不是走兽，凭什么祝贺你？"

后来，麒麟和凤凰见了面，都说起蝙蝠对自己大不敬的事情，相互感叹道："如今世风日下，偏偏生出这种不禽不兽的家伙，真是拿它没有办法呀！"

崂山道士

蒲松龄 《聊斋志异》

县里有一个叫王生的年轻人,排行老七,系世家子弟。他从小就喜欢道术,听说崂山上有许多仙人,就背起行囊,往崂山上寻访仙人去了。

他来到一处幽静的道观,只见一个道士正在蒲团上打坐,那道士神清气爽,颇有仙风道骨。王生赶紧上前叩头行礼,两人攀谈起来。道士谈吐不凡,字字珠玑,妙趣横生。王生当下十分佩服,就想拜他为师。道士说:"恐怕你娇生惯养,生性懒惰,吃不了苦啊!"王生连忙说:"没问题,再大的苦我也能承受。"道士门下有很多弟子,每到黄昏的时候,众弟子都聚集到一起,王生与他们一一施礼相见,于是,他就留在了这座道观中,做了一名道家弟子。

第二天清晨,道士把王生叫去,给了他一把斧子,让他跟随众弟子一起去山中砍柴。王生领命而去。这样过了有一个多月,王生吃尽了苦头,原先的细皮嫩肉慢

慢变得粗糙起来，手上和脚上都磨起了一层厚厚的老茧，他无法忍受这种天天砍柴的苦日子，心里暗暗产生了回家的念头。

又过了一个多月，道士还是一样法术也没有传授给他，王生实在忍无可忍了，于是向道士辞行说："弟子从数百里外赶来向仙师学习道术，即使弟子学不到长生不老的仙术，也请您教弟子一点儿小小的法术，就可以满足弟子苦苦渴求法术的一片痴心了。现在我已经在这里度过两三个月了，每天只是早晨出去砍柴，直到傍晚才回来。弟子在家里的时候，从没有吃过这么多的苦。"道士听了，哈哈大笑，说："我原来就说你吃不了苦的，现在果然应验了。明天一早，我就让你回家去。"王生说："弟子在这里辛苦劳作一段时间了，请师父略略教弟子一点儿法术，也算我没有白来一趟了。"道士问："你想学什么呢？"王生说："每次我看到师父走路的时候，连墙壁都不能阻隔，如果能学得了这个法术，弟子也就满足了。"道士笑了笑，答应了。于是，道士传授给了王生秘诀。然后领着王生来到一堵墙前，让王生念完咒语，喊一声："进去！"可是王生到了墙壁跟前就不敢向前走了。道士又喊："试着进去吧！"王生镇静了一下情绪，从容往前迈了一步，可是被墙壁挡住了。道士说："低着头冲过去，不要犹犹豫豫的。"王生往后一撤身子，离开墙壁几步远，然后猛地向前狂奔，好像是触到了墙壁，可是墙壁空虚无物，没遇到任何阻碍，王生回头一看，自己已经站在墙外了。王生大喜，向道士致谢。道士说："回家后要心性高洁，不能心存杂念，否则法术就不灵了。"然后，道士送给王生一些路费，就让他回家去了。

王生回到了家，碰到人就说自己遇到了神仙，学来的仙术法力无边，再坚固的墙壁也能穿过去。他的妻子一点儿也不相信。王生就决定当场给她表演一下。他按照道士传授的方法，站在离墙几尺远的地方，使劲向前冲去，只听得咚的一声，他的头撞在了墙上，摔倒在地上。妻子把他扶起来一看，额头上隆起了一个鸡蛋大小的包。妻子一边安抚他，一边嘲笑他轻信别人的话。王生很生气，大骂老道士居心不良。

大 鼠

蒲松龄 《聊斋志异》

明代万历年间，皇宫里有一只大老鼠，和猫一样大，祸害得整个皇宫都不得安宁。于是，宫里派人遍求民间最好的猫来捕捉它，但都被它吃掉了。

恰逢外国进贡了一只狮猫。这只猫毛色洁白如雪，体形较大。人们把这只猫抱到老鼠所在的屋子里，关上门窗，藏在一旁偷偷观看。只见狮猫一动不动地蹲了很长时间，那只大老鼠才探头探脑地从洞穴里爬出来，看见了猫，立即愤怒地扑上去。猫跳上小桌子躲开它，老鼠也跳了上去，猫就从上面跳了下来。这样跳上跳下，反反复复不下一百次。众人都认为狮猫害怕老鼠，没有抓捕这只老鼠的本事。

渐渐地，老鼠跳跃的动作明显缓慢了，喘气不止，肥大的肚子一起一伏的，累得趴在地上休息。猫见此情形，迅速从桌上扑下来，利爪一下子抓住了老鼠头顶的毛，嘴咬住老鼠的脖子，激烈地撕咬起来。只听得猫声呜呜，鼠声吱吱。人们打开门一看，老鼠的头已经被咬碎了。人们这才明白猫之所以躲避，不是胆怯害怕，而是等待老鼠精疲力竭时才发动攻击。

点石成金

石成金 《笑得好》

有一个神仙来到人间，他想用点石成金的方法，来试验人心。在这个过程中，寻找一个不贪财的人，让他成为神仙。可是，让这个神仙失望的是，所遇到的人往往贪心不足，虽然他每次都是将大石头变成金子，可是那些人还是嫌小，这让他很失望，很无奈，不禁说："人心不古，贪欲无度啊！"

后来，这个神仙遇到了一个人。他指着身前的一块大石头说："我把这块石头点成金子，给你用吧。"那人摇头说不要。神仙以为他嫌小，又指着一块更大的石头说："我将这块极大的石头点成金子，给你用吧。"那人仍然摇头说不要。

神仙心想，这个人一点儿贪财的心都没有，是很难得的，就应该让他成神仙，于是问那人："你大块金子、小块金子都不要，到底想要什么？"只见那人伸出手指，说："我别的都不要，只想要您刚才点石成金的这根手指头，我想把它系在我的手指上，任凭我所到之处随意点石成金，这样我就会拥有不计其数的金子了。"

狼子野心

纪昀 《阅微草堂笔记》

有一个富人偶然捉到了两只小狼，把它们带回了家，和狗放在一起喂养。小狼和狗相安无事，在一起嬉闹游戏，不亦乐乎。小狼渐渐长大了，也很驯服，跟狗相处得依然很好，主人竟然忘了它们是狼了。

一天，主人大白天在厅堂里睡觉，蒙蒙眬眬间，忽然听到群狗在呜呜呜地发出狂怒的叫声，他一下子惊醒了，猛地坐了起来，可是周围并没有什么人，就又躺下去睡了。可是没等他睡着，群狗又大叫起来。他觉得事情蹊跷，便没有起身，假装睡着，微睁双眼仔细观瞧。原来，那两只狼等他入睡的时候，要扑上去咬断他的喉咙，可是，群狗狂叫着拦住两只狼，誓死不让它们靠近主人。主人非常愤怒，设法杀死了那两只狼，剥了它们的皮。